大鱼

有爱的青春陪伴者

♡

♡

♥

两个小可爱挨挨蹭蹭

甜甜相爱的都市童话

Congtian er jiang

Nixinshang

以天降你心上

桂媛 著

上海故事会文化传媒有限公司

上海文化出版社

图书在版编目 (CIP) 数据

从天而降你心上 / 桂嫒著 . -- 上海：上海文化出版社 , 2020.6

ISBN 978-7-5535-1929-6

Ⅰ.①从… Ⅱ.①桂… Ⅲ.①长篇小说－中国－当代 Ⅳ.① I247.5

中国版本图书馆 CIP 数据核字 (2020) 第 059983 号

责任编辑　蔡美凤

特约编辑　廖晓霞

装帧设计　蔡　璨

特约绘制　Tendy　cain 酱

印务监制　周仲智

责任校对　彭　佳

从天而降你心上

桂嫒　著

出　　版　上海文化出版社

出　　品　上海故事会文化传媒有限公司

　　　　　（200020 上海市绍兴路 74 号　www.storychina.cn）

发　　行　长沙大鱼文化传媒有限公司发行中心

印　　刷　长沙鸿发印务实业有限公司

开　　本　880×1230　1/32　印　张　8.5

版　　次　2020 年 6 月第 1 版　印　次　2020 年 6 月第 1 次印刷

书　　号　ISBN 978-7-5535-1929-6/I.755

定　　价　36.80 元

目录

Contents

目录
Contents

♥

第一章

我在哪儿？我在干什么？

Congtian er jiang
Nixinshang

桑兮兮做梦也没想到自己丢个垃圾居然会被花砸了。

准确地说，是被一棵丑得要死的绿植给砸了。她捂着被砸的脑袋，向四周看了看，捡起那个罪证，摆出气势高声问道："是谁？"

没有人回答，一旁礼堂外面的电子屏幕上滚动着一行字："欢迎袁隆平院士到我院讲课。"

空无一人的会场外面只有一只鸟站在树枝上歪着脑袋看她，她像个傻子一样站在烈日下以自由女神的姿态举着那棵绿植。

七月的 B 城，骄阳胜火，阳光热情酬宾大放送，烤得人头晕目眩。礼堂外墙的玻璃折射出一片粼粼的光芒，让人感觉置身在海上。

桑兮兮用手帕擦了擦汗，今天一早她奉命来 A 大收集材料，她好不容易做完了工作，正要离开却天降意外。

她举着罪证上下左右东西南北环顾了一周，最终走进了保安室："有人乱丢垃圾。"

保安立即从椅子上跳了起来："谁敢在我的地盘乱丢垃圾？"

保安联合桑兮兮按住罪证，开始追查始作俑者。

半个小时后，保安揉着酸痛的眼睛对桑兮兮说："你看这也算不上什么垃圾……"

"怎么不算垃圾？枯死的花草属于不可回收垃圾！"桑兮兮严肃地

说，"你垃圾分类考试及格了吗？"

"它也不算死了吧，你看看它还有绿芽呢。"保安指着绿植说道。

桑兮兮顺着他指的地方看去，当真有米粒大小的一点绿芽长在皱巴巴的树干上："啊……"

"不是垃圾吧！"保安喜滋滋地说道，好像中了什么大奖，"它没死！"

桑兮兮望着绿植陷入了深思，半死不活的绿植到底算不算垃圾呢？

直到走出Ａ大，桑兮兮都很纠结，她拎着绿植站在不可回收垃圾桶前面思考到底要不要丢进去呢？

一旁的大妈很热情地上前问道："你是什么垃圾？"

桑兮兮捧着绿植没有回答，大妈一把从她手中夺过绿植正要往垃圾桶里丢时，她大喊一声："慢！"

大妈口中念叨个不停："该丢的垃圾就得丢……"手刚要松开，绿植却不见了，大妈很诧异，只见桑兮兮一把抢过绿植，抱在怀中，一脸提防地看着大妈。

大妈眨了眨眼睛："怎么了？"

桑兮兮指着大妈面前的垃圾桶说："这是可回收垃圾桶，它不属于可回收的垃圾。"

大妈愣了几秒，拍了拍头说："我忘了，猪不愿意吃它。"

桑兮兮点点头，看了看这个猪不会吃的不可回收垃圾，绿芽好像又长大了一点。她想了想，将绿植放回包里："这是证据，我要留下来找乱丢它的人。"

　　桑兮兮租的房子在五环外的一个小区里,这里住着的都是外来人员。白天他们乘着地铁、轻轨去市区里工作,夜间才返回,故而白天几乎没有什么人,因此也被称为"睡城"。

　　桑兮兮拎着绿植回到她那间单身公寓里,房子并不大,只有一个房间,里面的东西大多数都是桑兮兮亲手制作而成。她是个环保人士,平日里用物都很节俭,大多物品都是旧物改造回收利用。

　　她翻出一个有点破的旧花盆,随手将绿植埋了进去,然后满意地擦了擦手:"等我找到那个乱丢垃圾的人,就把这个证据拿给他看!"

　　她正陶醉幻想着自己手持正义大旗抓住那个乱丢垃圾的人时,手机响了,在高声唱着:"垃圾分类要记牢……"

　　桑兮兮一边手忙脚乱地接通电话,一边往门外跑去:"老板,我马上到。"

　　大门关闭后不久,绿植上的芽头突然长出了一片叶子。叶子向四周转动,一个男人的声音自叶子里面响起:"我在哪儿?我在干什么?"

　　空荡荡的屋子里面,没有人理会它,叶子费了半天力气转动,嫌弃地咕哝:"这么丑的花盆根本就是垃圾,怎么能用来种我?"

　　叶子在这嫌弃的声音里慢慢地缩小,重新变回了芽,一切都像没有发生一样。

　　加完班后,天色已晚,桑兮兮照例坐着地铁回家,一路捡了好几个被乘客留在地铁里的矿泉水瓶子。正要下地铁时，一名乘客主动将矿泉水瓶子递给她。

桑兮兮一呆，那人见她不接便将瓶子塞给她："你不是要吗？"

桑兮兮看着怀中那一堆瓶子陷入了沉思，莫非她今天穿的这套工作服很像……收垃圾的？

桑兮兮将塑料瓶丢进了地铁口的垃圾桶里，拍了拍手正要离开，忽然看到一个鬼鬼祟祟的身影正在垃圾桶旁，好似准备丢东西，而那东西还在动！

桑兮兮定睛一看，那分明是一只软萌可爱的小狗，软软的一团在那人手里挣扎。

桑兮兮超爱小狗，平时在网上云养狗。此时看到那小狗圆溜溜宛如黑葡萄般的眼睛、奶黄色的绒毛、粉红的小爪子，她两只眼睛都冒出了红心，心跳加速一百，这世上怎么会有这么恶毒的人把这么可爱的小家伙丢到垃圾桶里？

桑兮兮擦了擦口水，怒目相向："你……"拎着小狗的人是一个身高一米八的男人，顶着一个鸟窝头，下巴上有一圈稀稀拉拉的胡须，看起来很凶恶。桑兮兮的气势顿时减半，挤出假笑，"好……"

男人瞥了桑兮兮一眼，没有说话，只是那眼神十分吓人。

桑兮兮吓得举起了包抵挡他的视线。过了一会儿，桑兮兮也没有听到动静。她悄悄放下包一看，却见那个男人已经走远了。

桑兮兮松了口气，可又放不下那只软萌的小家伙，一想到它可能被丢进垃圾桶里，心就碎了一地。她追了几步，一想到那张凶恶的脸，又停下了脚步。

在这样天人交战中，桑兮兮走几步停几步跟踪那个男人，准备等他丢下小狗后救小狗出来。可是那男人似乎没有停下的意思，他路过了好几个垃圾桶都没有停下。桑兮兮的心里不禁犯嘀咕，为啥还不丢？莫非他发现了自己？

她一时想象自己被男人胖揍的画面，一时想象小狗被扔进垃圾桶的画面，一时想象自己救狗格外英勇的画面。就在这时，她看见男人停了下来。

桑兮兮急忙躲到一旁，偷偷看过去，只见男人径直走进了一个破旧的老房子里，老房子里面传来一阵阵的狗叫声，显然里面有许多狗。

莫非这是个狗贩子？桑兮兮顿时心中一紧，想起一些新闻报道——某黑心狗贩子为自身利益虐待狗！

她头脑一阵发热，冲向老房子。

手刚刚碰上门把手，门就发出"嘎吱嘎吱"的巨响，脱落了半扇门。桑兮兮顿时石化，握着门把手呆站在门口。

老屋子里的男人也吓了一跳，他正蹲在地上喂狗，手里拿着一桶狗粮往地上的狗碗里倒。他的身边围着一圈狗，有七八只，正摇着尾巴吃得欢实。那只小狗也混在狗堆里面奋力地啃狗粮。

男人望着桑兮兮没有说话，只是将狗粮桶放了下来，然后默默走到她旁边将脱落的半扇门拎起来，顺手拿起螺丝刀将门重新铆好，仿佛已经司空见惯。

最后，他看了一眼桑兮兮。

桑兮兮越发觉得尴尬："那个……对不起……"

男人还是没吭声，只拿眼睛盯着她的手。她顿时醒悟过来，忙将门把手还给他，他接过门把手又重新装了起来。

桑兮兮四下环顾，这个房子真是简陋，仅有的几件家具上面都是狗啃的牙印。沙发上面有个大洞，很显然是才弄出来的。

桑兮兮立即明白，这个人莫非是做流浪狗救助？之前他不是丢狗，而是在救狗？她知道做流浪狗救助非常不容易，不仅没钱，还常常被人误会。

一想到他这么伟大救助这么多狗，桑兮兮顿时为自己之前对他的恶意揣摩惭愧不已，立即从包里掏出了仅有的两百块钱递给他。

男人没有接钱，只是转过身将好奇地要一拥而上的狗狗们往后撵了撵。那只刚被救助的小狗却一步一颠地走到她面前，抬起毛茸茸的小脑袋好奇地看着她，还不停地摇着尾巴。

桑兮兮立即抱起小狗，小狗不时地舔她的手，两只眼睛亮亮的。她觉得有两道爱心射向了她，直接俘获了她的心。

她说："我要收养它！"

男人没有说话，只是瞅着她。

桑兮兮又说："我会带它洗澡打针，出门牵绳子，保证给它养老送终！"

男人这才缓缓点点头。

桑兮兮如释重负，抱着小狗，千恩万谢地离开了。

桑兮兮欢快地往家走，兴奋地碎碎念。她突然想起那个男人一言未发的样子，不禁犯嘀咕，莫非他不会说话？

　　桑兮兮抱着小狗回了家，小狗不认生，一入家门就到处嗅闻。它在家里转了一圈，相中了那棵绿植，恶魔般地伸出小爪子，张开软软的小嘴，露出了尖尖的小牙，愉快地啃起来。

　　桑兮兮并未发现小狗的恶行，她一边给小狗泡狗粮，一边和小狗"商量"："你想叫什么名字呢？小黄？幸运？球球？毛毛？你要不自己选一个？"

　　等到桑兮兮回头看时，小狗已经在绿植上留下一摊口水。它抬起无辜的眼睛摇着尾巴看向桑兮兮，桑兮兮的心都萌化了，完全无视它的所作所为，露出老母亲的微笑着招呼它来吃饭。小狗欢快地摇着尾巴跑到食盆旁吃了起来。

　　桑兮兮摸着它毛茸茸的小脑袋发出满足的叹息声："'撸狗'真是爽啊！以后我也是一个有狗子的人了！"

　　等小狗吃完了那盆狗粮，桑兮兮才想起自己还没吃晚饭，她依依不舍地揉了两下狗头，开始准备晚饭和明天的中饭。

　　桑兮兮埋头做饭的时候，吃饱喝足的小狗再次跑到了绿植旁欢快地磨牙。它用力地啃了两下绿植，绿植发出了一道轻轻的叫声。

　　听到声音，桑兮兮茫然地回头看了一眼，没有发现异常，继续哼着小曲做饭。

　　小狗被绿植发出的叫声吓了一跳，然后对绿植更加感兴趣了，绕着绿植转起了圈。它抬起粉嘟嘟的小爪子试图刨开花盆里面的土时，绿植上"嘭"地长出两根树枝，和它的小爪子对打起来。

桑兮兮对此一无所知，她给自己做了两菜一汤，放在了桌子上，然后将小狗抱到椅子上，对它笑眯眯地说道："今天是个特别的日子，从今天起，你就正式是我们家的一员了，同意的话我们就握个手吧。"说着她向小狗伸出了手。

小狗眨巴眨巴眼睛，迟疑地抬起了右爪。

桑兮兮握着它的小爪子激动地把它抱紧在怀里："你要记得这个日子啊！小幸！"

有了新名字的小狗在桑兮兮的手中努力地扭过头看向了地上的绿植，那棵绿植再次变回了光秃秃的模样。

桑兮兮给小幸洗了个澡，又抱着它撸了一晚上，然后才心满意足地去睡觉。

小幸则在桑兮兮睡着后，悄咪咪地再次跑到绿植旁伸出罪恶的爪子，张开罪恶的小嘴。绿植突然发出了绿莹莹的光芒，一个男人低声呵斥它："你再咬我，我就不客气了。"

小幸眨了眨眼睛往后退了一步，发出了"汪汪"的叫声。桑兮兮听到小幸叫，一骨碌爬起来，冲到客厅里问道："怎么了？"

看见小幸好端端地坐在绿植面前，嘴巴里面还有一点可疑的树皮，她忙将它抱起来："乖，你这么萌，怎么能乱咬树呢？把你的牙咬坏了怎么办？明天我就给你买磨牙棒，这么丑的树就不要咬了。"说着将小幸抱回房间里。

　　房门刚刚关上，绿植里又发出了男人气咻咻的声音："你才丑呢！"

　　桑兮兮恍惚听到了有人说话，打开房门朝客厅里一看，一切如常。她拍了拍自己的耳朵，怀疑自己开始出现幻听。

　　第二天早上，桑兮兮带着小幸一起出门了。临出门前，她看了一眼绿植，发现它的状态相当不好，忙给它浇了点水放在窗台边。

　　她先带小幸去溜达一会儿，再送到宠物医院打针，把小幸寄养在宠物医院一天，然后去公司上班。小幸很不情愿，用两个小爪子扒住笼子边缘，发出呜咽声，晶亮的眼睛可怜巴巴地望着她。

　　桑兮兮快要哭出来，在笼子边和小幸演了一出断桥离别，泪眼汪汪地握着小幸的爪子说了一车话。直到一旁的兽医用怪异的眼神看着她好久后，她才狠狠心离开。

　　晚上下班后，桑兮兮飞奔出公司，第一时间接回小幸，给小幸买了一大堆零食和玩具，抱着它回家了。小幸对玩具并没有兴趣，而是直奔昨天绿植摆放的位置转圈，抬着小脑袋对着窗台上的绿植叫个不停。

　　桑兮兮拿起一个玩具递给它，柔声劝说："看这个玩具多好玩，不要惦记树啦！"

　　小幸却不肯接受玩具，眼巴巴地望着绿植。桑兮兮心中纳闷不已，她瞥了一眼绿植，发现它的树干上多出了好几棵芽。

　　"咦，好像变绿了？"

　　小幸对绿植情有独钟，连饭都不肯吃，一直趴在窗台边仰着头看绿植。桑兮兮见它如此，只得将那盆绿植放下来。小幸兴奋地摇着尾巴上前抬起爪子，桑兮兮连忙对它说："玩可以，但是不准咬坏它。它是重要的证据，我还要找到那个乱丢垃圾的人呢。"

小幸眨了眨眼睛似乎听懂了，它没有张嘴咬，只是用爪子在树干上面磨来磨去。几乎是同时，桑兮兮又听到了微弱的惨叫声，她吓了一跳，连忙跳起来向四周看了看："难道是我听错了？"

小幸汪地叫了一声，桑兮兮确定了："原来是你，我还以为有人。"她笑眯眯地揉了两下小幸，去厨房里做饭。

绿植里闷闷地发出低声警告："别——舔——我——啊，我——的——头——发——"声音淹没在抽油烟机的轰鸣声里。

荣任铲屎官后，桑兮兮便开始遛狗的生活。她早上提前一个小时起床，带着小幸出门。

夏天的早晨天亮得特别早，连天空也是蓝的，飘浮着几朵浅浅的薄云。只有这时候，B城才隐隐有了点从前的模样，阳光透过明瓦红墙渐渐洒落出岁月的光影。

她最喜欢这时候的B城，这也是她大学毕业后坚持想要留在B城的理由。她喜欢这里的曾经过往，喜欢历经岁月冲刷后留下的痕迹，往事尘嚣。有空的时候，她最爱在红墙琉璃瓦中流连，也喜欢在一条条狭窄有味的胡同里慢慢走，慢慢幻想从前种种。

今天是周末，桑兮兮带着小幸去了很远的公园。早上晨练的人很多，空气新鲜量又足，加量不加价。

桑兮兮牵着小幸一路走一路将地上的垃圾捡起来放在袋子里面，到了垃圾桶边再分类丢弃。

突然她看到前方一个男人牵着七八只狗正沿着白线往前走，他的每一步都准确地踩在白线上，一步也不倾斜。她认出那个男人就是那天晚上捡小幸的人，正想要上前打个招呼，就看见他右手边的二哈用力地拖着他往旁边走，那边来了只美丽的小狗。

男人用力地拉着二哈，其他的狗子也加入了二哈的队伍。一人多狗开始拔河，男人手脚并用地抱住了一旁的大树。

桑兮兮暗自为男人加油，正要上前帮忙就听到男人艰难地从嘴里吐出几个字："停下！Stop！"

桑兮兮的心里冒出一阵惊叹号，他居然会说话！

这场比赛以男人的失败而告终，桑兮兮眼睁睁地看着他被狗子们拖向那只美丽的小狗。她原以为他会跟着狗子们的步伐继续前进，没想到他竟然拉着狗子们又回来了，重新站在了之前的位置，继续沿着白线往前走。

看来是个很固执的人嘛。

桑兮兮牵着小幸默默跟在他身后边走边想。

男人似乎发现了她，他还是没有说话，只是继续坚定地沿着白线往前走。

两个人各自牵着自己的狗沿着白线往前走，谁也没有率先开口。桑兮兮纠结到底要不要和他打个招呼呢，毕竟小幸是他救的呢。

她刚准备加快脚步靠近男人时，男人率先加快了脚步跑起来。桑兮兮眼睁睁地看着七八只狗各自往一边跑起来，然后男人果不其然跌坐在地上，幸运的是他还是跌在了白线上……

桑兮兮过意不去，走到他面前伸出一只手，男人看了她一眼迅速低下头，没有伸手。狗子们都骚动起来，围着桑兮兮和小幸不停地嗅闻。男人被绳子拖得更加起不来，无可奈何只得迅速拉住了桑兮兮的手。一站起来，他立即松开了桑兮兮的手，像是桑兮兮有传染病一样。

他没有说谢谢，只是调整好姿势，继续拉着狗子们沿着白线往前走。

桑兮兮捡起旁边刚刚丢在地上的塑料瓶，准备换一条路走，没想到男人却突然叫住了她："喂。"

桑兮兮一愣，男人抬起脸郑重其事地望着她，像是有什么问题难以启齿。桑兮兮忙调整表情严阵以待，过了几秒后，男人挤出了一句话："你有纸吗？"

桑兮兮以为自己听错了，愣了两秒后，手忙脚乱地掏出一块手帕递给他："这个给你擦脸。"

男人看着手帕没有接，桑兮兮又解释道："手帕比较环保……"

男人沉默了片刻后，指了指狗："我要用来铲屎。"

空气一时间变得很尴尬。

桑兮兮急忙拿了自己新买的铲子递给他。

男人接过了铲子破天荒地道了谢，然后将铲子放在了其中一只狗子的屁股下面，果然一会儿那只狗子就拉了一堆屎。

男人将狗屎捡了起来，从容地放在随身携带的狗屎袋里，继续往前走。

桑兮兮见他没有乱丢狗屎顿时对他好感倍增，不由得仔细看了他两眼，正想和他说话，他居然又加快了脚步跑得距离她远一点。

桑兮兮见状，只得放弃。她看看时间差不多，就牵着小幸准备回去。这时，她又听到了男人的声音："喂，这个给你。"

桑兮兮一看，只见他的手里拿着一个样式古怪的玩具，样子像是一盆太阳花，太阳花上面还戴着一副墨镜，嘴巴上面叼着一个萨克斯，一看就不是什么正经的太阳花。

"这是什么？"桑兮兮瞄了那个东西一眼，那么大一盆，口袋肯定是塞不下的，刚才也没见他拿在手里，她不禁犯起了嘀咕，这东西到底刚才放在哪里的？

"玩具。"男人一本正经地答道。

桑兮兮指了指小幸："是给它的？"

男人点点头，桑兮兮这才接过了不正经的太阳花玩具，向男人道了声谢。

"那个，"男人再次开口，顿了半天才挤出话来，"郁哲，我的名字。"

桑兮兮忙伸出手道："我是桑兮兮，很高兴见到你。"

男人看着她的手并没有伸手，只是沉默了片刻，看了看小幸说："好好照顾它。"说完转头离开，只留下桑兮兮的手悬在半空，不知何处安放。

桑兮兮拎着很荡漾的太阳花玩具有一种难言的羞耻感。

总觉得来往的路人看她的眼神意味深长，她恨不能向每个人解释一下，这东西真不是她要的，真不是……

小幸全然不知道桑兮兮的心思，努力抬起小脑袋咬太阳花玩具。桑兮兮无处安放，便将太阳花玩具夹在胳膊下面。

小幸还是不屈不挠地跳起来想要抓住太阳花玩具，它纵身一跳竟然咬住了太阳花嘴上的萨克斯，抱着萨克斯不松口，吊在上面左摇右摆。那花也左摇右摆，忽然发出了音乐声，那音乐竟然是广场舞名曲，路人的目光齐刷刷地落在了桑兮兮身上。

她的左手拎着几个被踩扁的塑料瓶，右手牵着狗绳外带着一包狗屎，胳膊下夹着太阳花玩具，太阳花风骚地唱着广场舞名曲，随着曲子一起晃动身躯的是小幸……

桑兮兮手忙脚乱不知是先放下垃圾好，还是先把小幸拽下来好。就在她挣扎的时候，小幸落了地，准确地说是被人放到了地上。

桑兮兮吓了一跳，只见身后出现了一名西装革履的男人。他一手放下了小幸，一手拿着太阳花玩具，两只眼睛看向了太阳花玩具，脸上的表情似乎有点嫌弃？失望？

桑兮兮不确定，她连忙向男人道谢。男人没有说话，只是将太阳花玩具递给她。

桑兮兮接过了太阳花玩具，还没想到该怎么和男人道谢时，男人却大步离开了。

小幸却对太阳花玩具有特别的偏好，一直抱着不肯松口，尤其喜欢太阳花玩具发出音乐声，还会随着音乐声一起摇头摆尾。

桑兮兮觉得好笑，莫非小幸是广场舞爱好者？

她把太阳花玩具递给小幸，小幸却拖着太阳花玩具一路跑到绿植旁边，对着绿植又"汪汪"叫了两声，仿佛叫绿植一起来跳舞。

桑兮兮走过去将太阳花玩具摆好，又看了一眼绿植。只见它一夜之间发出了许多芽，原先的芽都成了大片的绿叶，每片叶子都是巴掌的形状，异常好看。

桑兮兮很惊奇，这到底是什么植物，长得这么快？

她瞄了一眼小幸，它正在欢快地玩着太阳花玩具，似乎没有留意她。她将绿植端起来正要放在高处，小幸却丢下了太阳花玩具冲着她"汪汪"叫起来，如黑葡萄般亮晶晶的双眼望着绿植，意思很明显，让她放下。

桑兮兮根本抵抗不了它的眼神，只得将绿植再次放下来。小幸欢天地喜地对着绿植伸出罪恶的小爪子，桑兮兮忙捉住它的小爪子，假装严肃地对它说："小幸，喜欢它就要爱护它，不要毁了它，那样的话就是个渣男了，明白吗？"

小幸眨了眨眼睛，扭过头去。

桑兮兮认为小幸为自己的行为感到羞愧，满意地点点头："你们做个好朋友吧！"

等到桑兮兮上班之后，小幸再次跑到绿植面前，张开了软萌萌的小嘴……

第二章

救命呀，杀人，不，杀树啦

Congtian er jiang
Nixinshang

周一早上桑兮兮挤在地铁里快要窒息，她深感自己此时此刻需要撸撸小幸平静心情。一想到小幸孤独地在家中，万一有什么事怎么办，她的心就揪起来了。

她决定了，要装一个监控，为了小幸的安全，也为了自己郁闷的时候可以云吸一口续命。

监控装好后，桑兮兮每天最快乐的时光就是工作间隙时看监控了。小幸完全是一只靠卖萌活着的狗，它的一举一动都能让人尖叫不已，哪怕打个哈欠，都能让人的血槽清空。

从周一到周五，桑兮兮都是靠着小幸续命。如果不是因为工作需要，她恨不得每时每刻都盯着监控。

"兮兮，你恋爱了？"同事危雅在她一脸痴笑地看着监控时忽然问道。

桑兮兮一脸茫然："啊？"

危雅是她的同事，也算是她在 B 城为数不多的朋友之一。

和桑兮兮不同，危雅的志趣和爱好是钱。她烫着一头大波浪，即便是穿着职业工装，她也能别出心裁穿出不同的风情来，领口多松开一颗纽扣，再加上一条色彩艳丽的丝巾，既不违规又很惹眼。

危雅很喜欢桑兮兮，相比起其他相似款的大波浪美女，桑兮兮这种清汤挂面的妹子更可爱。虽然在别人看来桑兮兮完全是个怪咖，她几乎从来不点外卖，出门吃饭自带餐具，连吸管都自己备好，随身还带着一个杯子，买饮料的时候让人家直接倒进去。此外她还有个让他们崩溃的行为，监督每个人丢垃圾，保证他们不能丢错。别人的朋友圈里都是自拍，而桑兮兮的朋友圈全都是各种环保小贴士，垃圾分类办法。为此桑兮兮的好友少得可怜，而且他们都把她的朋友圈屏蔽了！

"你最近很奇怪啊。"危雅看向了她的手机屏幕，"每天都在笑，整个人都不太一样了。"

桑兮兮笑着说："我是有狗子的人啦！"

危雅一脸兴奋："是小狼狗，还是小奶狗？"

桑兮兮满脸高兴地说："小奶狗！"

危雅连声招呼她："快把照片给我看看！"

桑兮兮打开手机相册举到危雅面前，危雅定睛一看："这是什么？"

"小奶狗啊！"桑兮兮笑得一脸慈祥，一张张拨照片给她看，"你看萌不萌？快看这张，简直萌化了！"

危雅悻悻地看着桑兮兮："原来是这种小奶狗啊。"

"当然啊，这不是小奶狗是什么？"桑兮兮疑惑地问。

危雅露出了尴尬又不失礼貌的笑容："是是是。"

几分钟后，危雅感觉非常后悔，她不该问起小奶狗的问题。桑兮兮一直在说小幸，两只眼睛里简直有光芒在闪耀。她翻了个白眼，想要结束这场尴尬的聊天。

这时桑兮兮忽然住了嘴，她收起笑容盯紧了手机。手机屏幕上，那朵不正经的太阳花正在和小狗一起扭动身躯，它旁边的那棵绿植好像……在动？

莫非家里的窗户没关？桑兮兮往窗外看了看，天高云淡，热浪滚滚，一点也不像有大风刮过。

晚上回到家的第一时间，桑兮兮就冲到了阳台，却见所有窗户紧闭，家中空调也没有开启。除了小幸给太阳花玩具上新添了几个洞外，一切如常。

她满腹狐疑地拿起绿植仔细地再三检查，它似乎长大了，小幸似乎也没有再祸害它了，连一片叶子也没有掉。

桑兮兮表扬了小幸，又将绿植放下。就在她放下绿植准备走的时候，绿植抖了两下。不是摇动，而是抖，好像浑身打哆嗦一样。

桑兮兮以为自己眼花了，无风无浪的，绿植怎么会抖？她紧盯着绿植，绿植再也没动静。

桑兮兮满腹疑惑，一整个晚上她都盯着绿植，可是绿植再也没有动，连叶子都不曾抖过。

直到第二天早上，桑兮兮起床后，她发现绿植不仅叶子又长大了，而且花盆旁边明显有一个印痕，是花盆移动留下的痕迹。

桑兮兮更加狐疑，低头问小幸："你推花盆了？"

小幸软萌萌的身体在地上翻滚，冲着桑兮兮甜甜一笑。

嗯，也太萌了吧！她的心都化了。

桑兮兮立即忘记了之前的质疑，抱起小幸顺势坐在沙发上，正待要撸，忽然觉得不对劲，坐着的地方很明显有温度。昨天晚上，小幸分明在她房间里睡的，这到底是怎么回事？

桑兮兮立即跳了起来，她试着摸了摸沙发，头皮都炸了，整个沙发上面都有温度，分明是有人昨天夜里睡在这上面，才离开不久。

到底是谁？桑兮兮惊恐地抱紧了小幸，突然想起昨天夜里小幸一直睡得不踏实，老是站在门边挠门想出去，莫非昨天夜里真有其他人在家里？

桑兮兮向来不信鬼神，是唯物主义坚定的拥护者。她定了定神，拿出手机开始调昨天晚上的监控。只见黑漆漆的房间里忽然出现了一个人影，人影慢慢走到了沙发前倒在上面睡下。天快亮的时候，人影突然消失了。

桑兮兮反反复复地将监控仔细地看了很多遍，也没看出这个人到底是谁，只隐隐看出是个男人。

桑兮兮紧张到手心里冒汗，脑子里面依次飘过各类法制新闻的画面，心里越发觉得害怕，她才不要成为某日新闻头条：可怕！女子家中夜夜出现神秘人……

就在桑兮兮脑补自己横尸家中无人知晓上了社会新闻的时候，小幸摇着尾巴抱着她的腿，眨巴着大眼睛看着她，仿佛在安慰她。

桑兮兮的心定了下来："我倒忘了，还有你呢，你一定会保护我的对不对？"说着将小幸抱了起来，又去查之前的监控。

为了省钱，桑兮兮买的监控内存很小，只能看到几天的，她往前翻了翻赫然发现大白天的家里居然也有个男人！这个男人不仅坐在她的沙发上，还和小幸关系相当不错，小幸的尾巴都摇成了风扇。

桑兮兮立即将小幸放在了地上，严肃地审问它："你这叛徒！这个男人到底是谁？你为什么和他这么要好？"

小幸无辜地摇动着小尾巴，一脸谄媚的笑容看着她。

桑兮兮揉捏了一阵小幸，并没有得到答案，心情倒渐渐平静了。她定了定神决心要将这个男人捉住。这世上没有鬼神，只要是个人，她就可以捉得住！

她撸起衣袖，为自己加油——桑兮兮，你一定可以拿到勇敢市民的奖状的！

正好明天是周末，桑兮兮决定要在明天拿下这个小偷。

周六一大清早，她照例拎起包和小幸告别后离开家门。她没有走远，出了门后就开启了监控。

监控里的小幸失落地坐在门口，可怜巴巴地望着门口。桑兮兮一阵心痛，这大周末的，她本该陪着小幸出去玩的。她不禁想，万一这家伙是个杀人不眨眼的恶魔，那小幸不是掉入恶魔的手里了？

不行！要把小幸带出来！她的心里顿时生出罪恶感，这时她看到监控里面出现了一个男人的身影。小幸立即扑向了男人，男人一把就将小幸拎了起来。

桑兮兮的心跳都停了，她顾不上许多，一边直接往家里冲，口中一边嚷嚷着："小幸，别怕！我来了！"

她手忙脚乱地打开了门，小幸高高兴兴地冲向了她摇头摆尾，仿佛什么事都没发生。她疑惑地在房子里面检查了一遍，发现除了绿植四周掉了几片叶子外，什么都没有变。

那个男人也消失不见，若不是监控视频证明了那个男人的存在，桑兮兮几乎怀疑这个男人是不是真实存在过。

她抱着小幸问道："小幸，这到底是怎么回事啊？咱们家是不是真的进人了？你是不是有二哈的血统啊？怎么能和坏人当朋友？"

小幸眨巴着眼睛，缓缓撇过头去，看向了绿植。

桑兮兮见它可怜巴巴的样子，又心软地将它抱在怀中哄了几句。小幸扭过头一直盯着绿植，绿植抖了抖树干，像长了腿一样带着花盆往旁边挪了挪，盖住了原本的花盆印记。

桑兮兮决定还是要将这件事搞清楚，她抱着小幸走到了门边，打开了门又重重关上，躲在门厅旁边。小幸在她的怀中一动不动，过了一会儿突然扭动起身躯，她忙抱紧小幸防止它发出声音。

这时，桑兮兮听到了一声叹息，她不由得浑身紧绷，紧接着她听到了一个男人长舒一口气："可算是消停一会儿了，快咬死我了。"

桑兮兮浑身僵硬，她牢牢地抱住小幸呆站在门口。之前想要抓贼的勇气消失殆尽，她听着一墙之隔的男人继续在念叨："哎，也不知道这是第几天了，所里的人不知道发现了没有？完了完了，肯定算旷工，我的工作肯定保不住了，到时候我的社保怎么办啊？好不容易才攒齐了首付款，这下可全完了！"

就在男人长吁短叹的时候，小幸拼命地挣扎跳了下去，直直朝着屋子里面奔去。桑兮兮一惊，连忙跟着跑了进去。就听到男人发出一道惊讶的声音，一把抱起了小幸。

桑兮兮定在了沙发后面，她赫然发现沙发前站着一个陌生男子。男子似乎也吓了一跳，牢牢抱住了小幸，神色慌张地望着桑兮兮。

两人四目相对，足足对视了十几秒。桑兮兮先一步清醒过来，她拿出手机立即拨打 110。就在报警电话接通的刹那，她眼睁睁地看着男人在自己眼前消失了！他像空气一样顷刻间消失得无影无踪，小幸却稳稳地落在了沙发上。

桑兮兮差点昏过去，如果这是看电影倒没什么，可是这是现实！一个大男人竟然会当着她的面消失！这怎么可能？一点也不科学！

桑兮兮二话不说抱起小幸转身就往门外跑，角落里的绿植发出了不安的声音："糟糕，被发现了，这可怎么办？"

桑兮兮一刻不停地跑，她实在吓坏了。长到二十三岁，她自以为也算是见过了点世面，可是从来没见过这么古怪的事。

就在她毫无方向地狂奔时，忽然发现有人在后面追自己，桑兮兮不由得跑得更快了。

她迈开两条长腿，拿出运动会比赛的精神，抱着小幸一路狂奔。跑到转弯的位置时，她不由得往后瞥了一眼，赫然发现那个追她的人竟然是郁哲！

桑兮兮不由得停下了脚步，只见郁哲穿着运动裤，上面却套了件蓝色短袖衬衫，怀里抱着一包东西朝着她狂奔而来。

"你追我干什么？"桑兮兮问。

郁哲一言不发地盯着她怀中的小幸，她忙将小幸抱紧："小幸是我的，你休想再带走它！"

郁哲眼神古怪地看着她，半晌后问："你不是要丢它？"

桑兮兮惊讶道："我什么时候要丢它？"

郁哲愣了愣："那你看到我跑什么？"

桑兮兮更加惊讶："我没看到你啊……"

郁哲愣了好几秒，将怀里的东西递给了桑兮兮。桑兮兮接过纸包一看，里面装着一包狗粮："我买了狗粮了。"

郁哲觉得还是有解释的必要："这是自制的狗粮。"

桑兮兮抓了一把狗粮递给小幸，小幸立即凑过脑袋吃得很欢乐，桑兮兮觉得有点不可思议："这是你做的吗？"

郁哲的脸上依然保持着高深莫测的表情，只是点了点头。若不是那身怪异的衣服，颇有几分霸道总裁的风采，很难想象这样的人会自己做狗粮。

"谢谢。"桑兮兮再次向郁哲道谢。

郁哲拿眼睛瞅她，看得桑兮兮浑身不自在，那眼神颇像公司里项目总监看她的眼神。她问："怎么了？"

郁哲似乎下定了决心，问道："你跑什么？"

桑兮兮顿时如委屈的孩子听到了亲人的关怀，眼圈一红鼻头一酸差点要哭起来。她急忙将自己的遭遇告诉郁哲，末了还拿出了手机调监控给他看。

桑兮兮一连重启了三遍手机，都没找到监控视频的内容，竟然黑屏了。

桑兮兮捧着手机傻了眼："这是怎么回事？刚才我出来前还好好的！怎么会突然看不了了？"她心虚地看向郁哲，生怕他不信自己的话，还把自己当成了神经病。

郁哲还是一脸高深莫测地望着她，桑兮兮将手机收回包里，讪讪地说道："算了，没事了，我先走了。"

正要转身离开，就听到郁哲在她身后说道："我相信。"

桑兮兮一愣："你不觉得我是神经病？"

郁哲摇摇头："我去你家看看吧。"

桑兮兮望着他那古怪的背影，忽然觉得他的身影伟岸高大。

回家颇费了一番工夫，郁哲只习惯沿着直线线走，遇见拐弯的地方需要找到九十度直角路线，再继续沿着线往前走。

而去往桑兮兮的家有五个拐弯，郁哲绝不抄近道，为了追上桑兮兮，他加大了步伐。

桑兮兮纳闷至极，但是也不敢问。每个人都有自己的小癖好，只要不影响别人就好，在别人眼里她天天捡垃圾的行为也是相当古怪了。

桑兮兮站在门口深吸了一口气，拿出钥匙开门的时候手有些发抖，怎么也打不开门。郁哲冷眼旁观，拿过了钥匙帮她打开了门。

门被缓缓地推开了，桑兮兮的心跳得厉害，她朝着屋子里面偷偷看了一眼，没有发现那个男人的踪影。小幸摇着小尾巴，先一步朝着屋子里面跑去，它径自跑到绿植旁边欢快地撕咬起叶子。

郁哲站在门口半天没有动，他的目光缓缓掠过房屋的每一寸。这里和他想象的不同，并不像电影电视里面女孩的家中摆满各种漂亮的工业饰物，而是一间极度环保的房子。屋子里面的许多东西都是用废旧的报纸、塑料瓶、铝管等手工制作而成。

鞋架是用塑料瓶压扁制作而成，架子上的包多数都是布包。门口还摆着两张用塑料瓶做成的椅子，椅子旁是一个旧木架，架子重新刷了油漆，上面摆着几个玻璃瓶和破碎的瓷器，里面种着青苔和多肉，布沙发上摆着的是旧毯子做的软垫。半旧的茶几上面铺着素色的软布，上面摆着一个饮料瓶，里面插着一枝干莲蓬，颇有几分趣味。一旁还摆着几朵用吸管编成的花。

沿着墙根摆着几个用废旧油漆桶改造而成的垃圾桶，每个垃圾桶上面还标明了垃圾品类名称，此外阳台上还有一张废旧轮胎改做的吊椅。

桑兮兮注意到郁哲的眼神有些古怪，和许多第一次进她家的人一样，都为她房子里的摆设感到震惊。许多人认为她相当穷困，才会如此节约地使用这些回收的旧物做生活用品。但是这对她来说只是生活习惯，她并不觉得丢人。

郁哲对着桑兮兮默默地比起了大拇指，桑兮兮愣了愣，这是给她点赞吗？

郁哲拿起一个旧报纸做的垃圾盒默默研究了一番："这是怎么做的？"

桑兮兮拿过一张纸给他演示了一番。

　　郁哲兴致勃勃地学着叠了一番，而后又想起此行的目的，忙放下垃圾盒，开始在屋子里面找寻那个神秘的男人。

　　房子并不大，只有一个房间。郁哲很快就将房间翻了个底朝天，却一无所获。唯一的发现是监控里面的内存卡被拔下来了，桑兮兮重新插入内存卡后沮丧地发现，所有的视频都已经被清空。

　　"谢谢你。"桑兮兮沮丧地向郁哲道谢，"可能是我自己搞错了。"

　　郁哲看着她沮丧的模样，开口道："别怀疑自己。"

　　桑兮兮愣了愣，郁哲又说道："有些事别人不理解并不表示不存在，只是人类很渺小，对于自然认识并不如想象多。"

　　这是他们认识以来，郁哲说过的最多的话，和他那张严肃又略带着杀气的脸庞很不相符，桑兮兮的心里有种怪怪的感觉。她一直觉得与郁哲的脸最为契合的台词应该是港片里面黑道的台词，而不是眼下这番话。

　　郁哲并不知道桑兮兮的想法，他已经望向了小幸。他摸出了自己亲手做的狗粮半蹲在地上喂小幸，那张凶神恶煞的脸上露出了笑容，连眼神都格外温柔。

　　桑兮兮顿时为自己的狭隘感到羞愧，自己竟然以貌取人。郁哲明明是个善良温柔的人，而她一天都在幻想他喊打喊杀的模样。她立即为郁哲倒了一杯凉开水，表达自己的敬意和愧疚。

　　一整个白天，郁哲都留在了桑兮兮家中向她讨教各种回收废品的改造使用方法。桑兮兮尽心尽力地教他，她发现他的话一点也不少，尤其是熟了之后，他脸上的笑容也多了。

　　他笑起来竟然很好看，眉眼间的冰霜化作了三月的阳光，连眼神也不再锐利如刀。

"你为什么养那么多狗？"桑兮兮好奇地问。

郁哲沉默了片刻说："不是我要养它们，是它们选择了我。"

桑兮兮呆呆地望着郁哲："啥？"

郁哲的神情变得肃穆起来："你知不知道有种人特别招狗？只要从它们身旁过，它们就会立即靠近你，就像这样。"他指着在他两腿间撒娇耍赖皮的小幸。

桑兮兮决定将毫无尊严的小幸拎回来反省下，好歹让它记住她才是它的主人啊！

郁哲看着小幸陷入了沉思。

那个阳光灿烂的下午，郁哲的心情也不赖，他正在路上欢快地走，突然看到路边的树丛下面站着一只瘦骨嶙峋的黄狗。

他看了黄狗一眼，黄狗也抬头看着他，一人一狗四目相对，也不知道那一刻发生了什么。几秒钟后，黄狗从树丛下面跑了过来，径自倒在了他的面前。

郁哲傻了眼，连连叫它，它却不为之所动，只是用更加可怜的眼神望着郁哲，气若游丝，喘着粗气。

郁哲抱着黄狗进了宠物医院，医生仔细检查后告诉郁哲，它没有任何毛病，甚至连胃里也塞满了食物。

郁哲将黄狗带回了相遇的地点，刚将它放下要走，它却再次走到他身前倒下。他小心翼翼地往旁边躲，黄狗立即站起身继续倒在他面前。

郁哲左右前后全都躲避了一圈，不论他往哪个方向走，黄狗都锲而不舍地爬起倒地，决心碰瓷到底。

一场围追堵截后，郁哲拗不过黄狗的决心，只得举手投降："走吧，我养你。"

黄狗一骨碌爬了起来，咧开嘴一笑，摇着尾巴看着他。

郁哲那一刻觉得自己被一只狗算计了。

桑兮兮听得目瞪口呆："狗会讹人？"

郁哲的目光变得沧桑，他悠悠地吐了口气道："等你遇见的狗多了，就明白了。"那模样仿佛历经世事的老人向不谙世事的年轻人说起往事。

八只狗，每一只都是以不同的方式跟上了他，使出浑身解数赖上他。郁哲痛心疾首，也曾无数次在夜里反省自己哪里做得不对，为什么每只狗都看出了他好欺负，一定要讹上他？为此他不敢再多看一只狗一眼，故意不理胡须，板着一张脸，只希望狗把他当成坏人，离他远一点。

"有用吗？"桑兮兮好奇地问。

郁哲的手一抖，低下了头，许久后才哭丧着脸摇了摇头："没用……"

桑兮兮向郁哲深表同情："这只能证明你是个好人，狗子们都知道，所以才会讹上你。"

郁哲深思了片刻说："真的吗？难道它们不是我仇人派来的吗？"

桑兮兮越发不解："狗子那么可爱，怎么会是仇人派来的？"

郁哲的眼神变得高深莫测，他摸了摸小幸对桑兮兮悠悠道："等它长大了，你就明白了。"

桑兮兮顿时想起郁哲的家被拆的模样，顿时吓了一跳："它这么可爱怎么可能会拆家？"

郁哲笑而不语，只是摸着小幸的小脑瓜。

直到下午郁哲才起身告别，桑兮兮有些犹豫，有郁哲在家里，她没有那么害怕，可是她不好意思留郁哲，只得和他告别。

郁哲走后，桑兮兮抱紧了小幸说："现在我就指望你了，如果有坏人来了，你一定不能和他们同流合污。"

小幸翻着吃得鼓鼓囊囊的肚子，叫了一声，表明了决心。

为了证明自己的决心，小幸翻过身就冲向了绿植又啃又咬，桑兮兮忙将它抱回："小幸，你到底和它有什么仇什么怨？"

小幸奋力地挣扎，朝着绿植不停地叫。绿植趁着桑兮兮不注意时抖了抖树干，树枝对小幸比了个挑衅的动作。

桑兮兮正在纠结晚上到底要不要留在家里的时候，门外传来了敲门声。

桑兮兮吓了一跳，她从不点外卖，近来也没有购物，谁会在这时候来她家呢？

门外再次传来敲门声，小幸朝着门口直冲出去，对着门外一阵"汪汪"叫，敲门声停下了。桑兮兮正要夸赞小幸，敲门声再次响起，比之前更加急促。

桑兮兮紧张地抄起门边的塑料凳，颤抖着声音朝门外问道："谁？"

敲门声停下了，却无人回答，只有小幸扑在门上叫得更加响亮，一边叫，一边摇起尾巴。

桑兮兮提高了嗓音，再次对外面喊道："我家有恶犬，快点走开！"

门外终于传来了声音："小幸。"

桑兮兮一愣，竟然是郁哲。

郁哲带来了许多东西，除了给小幸的，还有给她的菜。新鲜卤食放在保鲜盒里，带着泥的菜蔬拎在篮子里。

桑兮兮今天忙了一天忘记买菜做饭，郁哲送来得很及时。她没问他为什么，他也不说，只是将那些菜蔬变成了饭菜，邀请郁哲一起吃。

郁哲也没有客气，和桑兮兮一起吃完了饭，还顺手将碗碟洗了。吃过晚饭后，郁哲一直待在她家里，时而逗弄小幸，时而在屋子里面走来走去。他有时站在阳台边朝外看，有时还突然发出很大的声音，吓了桑兮兮一跳。

直到快十点的时候，郁哲才突然往门外走，他轻手轻脚地打开了房门。桑兮兮不解地望着他，他却对她做了个嘘声的动作，然后轻手轻脚地关上门离开了。

桑兮兮站在门口许久才醒悟过来，他晚上是特意过来陪她的，故意弄出那些动静是为了让人知道她家中有男人，警告那些别有用心的人。

桑兮兮的感动还未完全消散时，就被另一种情绪取代了。

她张大了嘴，死死地盯着沙发旁边那个凭空出现的男人，险些昏死过去。

男人一个箭步跳到了她面前，先抢下了她手里的手机："别报警，听我解释。"

桑兮兮浑身紧绷，只见小幸高高兴兴地扑向了男人。男人将小幸抱了起来，小幸毫无节操地舔他的脸，还兴奋地摇尾巴，显然相当熟悉。

"我是好人。"男人用力地将小幸撕扯开，"啊，我的头发！"

桑兮兮隐隐觉得这句话有点耳熟，好像之前曾经听到过。

男人终于将热情的小幸扯了下来，拨了拨被小幸弄乱的头发，露出了一张俊秀的面容来。

"你到底是谁？"桑兮兮问道。

男人指着地上说："我就是它。"

桑兮兮满头问号地看向了地上："什么？"她朝着地上瞄了半天，只看见了那个不正经的太阳花玩具，"你是说，你是玩具总动员？"

"不，当然不是。"男人很嫌弃地摆摆手，"那个！"

桑兮兮的目光从太阳花玩具挪到了花盆上，她赫然发现花盆里的绿植不见了。她足足愣了五秒，又抬头看向了男人，艰难地挤出了一句话："你是说，你是那棵绿植？"

男人连连点头，为了证明自己的话，他让桑兮兮看着花盆，然后当着她的面消失了，花盆里那棵绿植又重新冒了出来。

"你现在相信了吧？"

桑兮兮一言不发地端起那盆绿植就往阳台跑，绿植发出了惨叫声："救命啊！杀人了！啊，不对，杀树了！"

桑兮兮将绿植放在阳台窗户外时，绿植嘭地消失了。一个样貌好看的男人光着脚扒在窗户上，对她嚷道："你这是谋杀！要坐牢的！"

桑兮兮抬头望着他："你说你是绿植。"

男人连连点头："是的。"

"谋杀绿植不用坐牢。"桑兮兮坚定地说。

男人好看的面容僵住了，一滴汗水自他的额头上滑了下来："我不完全是绿植！"

桑兮兮沉默了片刻说："你到底是什么？"

男人看了看四周，觍着脸道："我们坐下来好好说，一会儿你要是觉得有问题，还可以再把我扔出来。顺便说一下，我属于可回收垃圾。"

桑兮兮思考了几秒，从窗前让开，将花盆重新端了进去，男人松了口气跟着也跳下了窗。

♥

第三章

"花侠"？

Congtian er jiang
Niainshang

桑兮兮的手没有离开花盆，满脸敌意地看着对面的男人："姓名？"

男人像个犯错的小学生低着头站在她面前低声答道："花清泽。"

"年龄？"桑兮兮又问道。

"二十五岁。"花清泽老老实实地答道。

"哪里人？"桑兮兮接着问。

"我就是 B 城人。"花清泽可怜巴巴地答道。

桑兮兮很意外："B 城人？你不是哪个山哪个洞的吗？"

花清泽茫然地望着她："什么？"

桑兮兮说："你不是妖怪吗？妖怪不都住在山洞里面吗？"

花清泽啼笑皆非："妖怪？我哪里像妖怪了？"

桑兮兮上下打量着他："你哪里不像妖怪？"

花清泽郑重其事地说道："我真的不是妖怪，我只是略微特别了点。你看过《复联》没？知道蜘蛛侠吗？知道美国队长、钢铁侠、超人吗？"

桑兮兮愣了愣："你是什么超人？"

花清泽清了清喉咙道："我是'花侠'。"

"我怎么没听说过有什么'花侠'？"桑兮兮依然不信，"你打过坏人吗？"还"花侠"呢，怎么不叫"树侠"？

花清泽的气势陡然变弱了，声音也小了几分："没有。"

"那你拯救过地球，保卫过宇宙吗？"桑兮兮又问道。

花清泽的头垂得更低了："没有。"

"哦。"桑兮兮的目光闪了闪，"所以'花侠'都干什么？"

花清泽一时无言，高大的身躯也变得渺小起来，仿佛职业生涯遭到重大打击。半晌，他才吞吞吐吐地说道："我，我努力过……"

"什么时候？"桑兮兮好奇地问。

花清泽举起了一只手掌晃了晃："五岁。"

"五岁？"桑兮兮惊讶万分。

花清泽有点扭捏地介绍了五岁那年行侠仗义的过程：

那一年，年方五岁的花清泽陡然发现自己有了控制植物的能力，立即明白了自己就是天选之子。他每天都等待猫头鹰会给他送来入学通知书，为此他爱护所有的鸟类，请求爸爸妈妈如果看到鸟务必要检查下它们有没有带邮件。

"你还有爸爸妈妈？"桑兮兮更加惊奇。

花清泽不满地答道："我当然有爸爸妈妈，不然我是从天上掉下来的吗？"

桑兮兮不说话了。花清泽继续说起当年自己的英雄事迹，话说当年五岁的他发现了自己的超能力后，一心盼着去霍格沃茨上学，以蜘蛛侠为人生偶像，开始在家门口行侠仗义。

他家住在研究所旁边，和几个小伙伴每天一起在研究所的游乐区玩耍，每次都有几个年纪大点的孩子来和他们抢秋千和滑梯。他们年纪小，根本打不过对方，只能每天眼巴巴地望着大孩子们玩。

花清泽决心要给这些恶霸一点教训，要把他们赶出游乐区。

"哦，原来不是行侠仗义，而是为了抢地盘。"桑兮兮若有所思地说道。

花清泽愣了几秒，还是决定继续讲述下去。

那天他攥着小拳头学着蜘蛛侠朝为首的大孩子冲去，原以为会像电影一样发动特殊能力，召唤出大树胖揍他们一顿，可是计划发生了失误。他刚起跑没几步，地下隆起了一条树根，不偏不斜地将他绊倒在地。

"然后呢？"桑兮兮见他不说了，继续问道。

"我不是说了吗？我摔倒了。"花清泽摸了摸脑袋，仿佛当年摔到的地方还很疼。

"他们被打跑了吗？"桑兮兮又问道。

花清泽摇了摇头，坚决又含糊地说："总之，这件事教育了我，不能用暴力解决问题。"

桑兮兮很是怀疑花清泽的话："就这样？"

花清泽再次坚决地点头："你看看我们现在的社会多么和谐安定，怎么能随便打架斗殴呢？这种行为应该坚决抵制，绝不能姑息。我们应该要树立良好先锋，好好说话，动口绝不动手。"

花清泽说起话来很溜，带着一口好听的京片子，桑兮兮恍惚觉得自己在看老电影，看某个老艺术家在演戏。

她愣了半天继续道："你既然是本地人，怎么会到我家来的？"

花清泽手一摊，露出无奈的神色："我也不知道啊！我那天早上去参加袁隆平院士的讲座。"他的双目露出了忧郁痛苦的神情，"他可是我的偶像啊！你不知道我多想见他一面，然后……"

"然后？"桑兮兮不解地望着他。

"然后也不知道我是不是太激动了……"花清泽的双目溢满了泪水，"我就突然变成绿植，被人踩了好几脚，最后还被扔了出去……"

花清泽痛述前史，越发伤心悲凄，拿过放在桌上的手帕捂住了眼睛："我真是太难了……"

桑兮兮见他如此可怜，心中有些不忍："别难过了，你现在不是好了吗？"

花清泽却摇了摇头："不，我没好，我现在的情况更严重了。"

桑兮兮不解地望着他，从头到脚全须全尾，长得还很有几分男明星的气质，分明没有任何问题。

花清泽却在下一秒消失了。花盆里面的绿植说道："我现在每天能变成人的时间很短，我根本没办法回去。"

桑兮兮险些将花盆丢出老远，半天才勉强挤出一句话："为什么会这样？"

花清泽摆动树叶表示摇头："我也不知道，总之我现在这样绝不能去所里上班……"

"你还上班？"桑兮兮惊奇不已。

"当然啊。"花清泽絮絮叨叨地说，"我得工作才能交社保，才能买房子买车。今年好不容易才摇到了号，唉！"

桑兮兮看着一棵绿植长吁短叹地说起交社保和买房子，有一种莫名的喜感。

"你是在什么所工作？"桑兮兮追问。

"我在植物研究所工作。"花清泽答道，"我可是我们研究所里最优秀的研究员！"

桑兮兮点点头，她明白为何他的偶像是袁隆平了。以他的超能力来说，确实研究植物比较合适。

桑兮兮本想结束这场诡异的对话，花清泽却聊上了瘾："这么多天了，我都没遇上一个说话的人，真是快憋死我了。"

桑兮兮看着花盆里的绿植不住地摇晃着枝丫和她说话，又瞄了一眼太阳花玩具，嗯，这感觉有点相似之处……

她将太阳花玩具放在他旁边启动，太阳花摇头晃脑地扭动身躯，放起了广场舞音乐。桑兮兮看看太阳花，又看看花清泽笑得捶地。

花清泽对桑兮兮将他和太阳花玩具比较相当不满意，将树叶扭动到一旁做生气状："它又不是真的！"

桑兮兮哈哈大笑，拎起太阳花玩具对他说道："我觉得它挺像你的，前几天还有个人还当这个是真的，拿去看了好久呢。"

"谁？"花清泽的声音突然变了。

桑兮兮将那天早上的事说给他听，只见树叶立即卷了起来，树干也不停地抖动："你怎么了？"

"一定是龙组！"花清泽的声音都变了调，"完了，完了！他们发现我了，肯定要把我抓走了！"

桑兮兮莫名其妙："龙组是什么？"

"你看过科幻片吗？那些把有超能力的人捉去研究的人，龙组就是这样的人。如果被他们发现了，我这棵无人疼爱的小树就完蛋了。"因为焦虑和恐惧，树叶立即变黄掉了一大片。

"他们还没发现你。"桑兮兮安慰他道，"放心吧。"

花清泽的周身立即发出了绿光，长出了新的绿叶。

桑兮兮看得惊奇，小幸也很惊奇，按捺不住地跑向了花清泽。

花清泽立即带着花盆往后跳了一步，躲开小幸的魔爪。

"你不是和小幸关系不错吗？"桑兮兮瞄了瞄小幸，它正在兴致勃勃地围着花清泽打转。

"别让它再咬我的头发，我都要秃了！"花清泽努力地把树枝朝向后伸，因为太用力，树枝和树叶都微微有些轻颤。

桑兮兮将小幸捞到怀里，花清泽松了口气，抖了抖枝叶，继续控诉小幸："从它来的第一天，我就没保住过头发啊！它还喜欢咬我，你看看我身上被咬了多少个牙印！"

桑兮兮看着绿植在那儿抱怨个不停，不由得笑出了声。花清泽咳了一声表达了他的不满。

"你到底要怎么样才能恢复？"桑兮兮问道。

"要等我开花。"花清泽答道。

"开花？"桑兮兮很惊奇，"你不是绿植吗？你可以开花吗？"

"当然可以开花。"花清泽越发不满，用树枝比出讲课的姿势，"所有的树都可以开花！"

桑兮兮点了点头："好吧，那你什么时候开花？"

花清泽却没有说话，桑兮兮觉得自己眼花了，刚才还很朝气蓬勃的绿植，忽然变得萎靡了，好半天才听到绿叶中间传来一个幽幽的声音：
"我不知道。"

"不知道？"桑兮兮傻了眼，"那怎么办？"

花清泽不说话，桑兮兮想了半天问道："那我把你送回去吧，你不是有爸爸妈妈吗？"

花清泽顿时慌了，连连摇动树叶："不行，不行！不能送我回去！他们要是知道我变成这样会吓昏过去的。"

"那你这么长时间不联系他们，他们不担心吗？"桑兮兮问。

"没事，我会给他们打电话说我去旅游了。"花清泽答道，"反正我也不爱拍照。"

他顿了顿又对桑兮兮说道："能不能把你的手机借我用下？"

桑兮兮握着手机贴到了树叶旁，听着花清泽和他的父母打电话，看着一棵树亲亲热热地对着手机叫爸妈，暗想她现在也算是个有见识的人了。

桑兮兮将花清泽的花盆安顿在客厅，并且和花清泽签了暂居协议。花清泽表示等他恢复正常后一定会给她补交房租。

临睡觉前，桑兮兮给花清泽浇了一盆水，他抖了抖枝叶对她道："谢谢。"

桑兮兮这才抱着小幸进到房间里，她关上房门后又偷偷打开了门缝往外面看，只见黑夜里，绿植的四周散发着绿莹莹的光芒。

桑兮兮每天的任务又多了一样，除了照顾小幸外，她还要时时记着给花清泽浇水、晒太阳。

花清泽是个话痨，每天见到她时都要开始絮絮叨叨和她扯闲篇，说起今天家中发生的事。比如一只鸟飞过了阳台，今天的风很大，小幸今天在家中干了什么坏事。

桑兮兮看出他很无聊，拿了本书给他看。花清泽努力用树枝翻页看得倒也不亦乐乎。只是小幸觉得他实在太有趣了，每天缠着他不放。

花清泽为了不被小幸咬到，每天努力地和小幸撕扯。桑兮兮回来看到他掉了树叶，训斥了小幸一顿，将他架得越来越高。

经过了这几天桑兮兮努力地照顾，花清泽的状态却越来越差了。

桑兮兮发现他的树枝开始变黄急得一筹莫展："你到底怎么了？"

花清泽半晌才冒出一句话来："水浇得有点多。"

桑兮兮一愣："你怎么不早说？"

花清泽挥舞着树枝说："我以为我可以喝得下，毕竟你一番好心嘛……"说着又打了个饱嗝。

桑兮兮忙将它摆在阳台上晒太阳，没过多久之后，桑兮兮发现树叶发蔫垂落："你又怎么了？"

"那个……有点烫。"花清泽似乎有点不好意思。

桑兮兮一摸，花盆果然烫手，之前倒进花盆里的水也变得热乎乎的。

"你为啥刚才不叫我？"

"我想着水热了正好泡个热水澡，却忘了我现在是棵树，泡不了热水……"桑兮兮怀疑自己看错了，她刚才似乎看到了一棵树脸红，树会脸红？

她将花盆抱了进去，又将热水倒了出来，重新浇了点凉水给他降降温："花清泽，你下次有啥事就直接说。我事先申明下，我是个花木杀手，养死过的花木不计其数。如果你不告诉我，我也可能会杀了你。"

树干明显僵硬了，花清泽缓缓说道："那你可以带着我出门吗？"

"啥？"桑兮兮以为自己听错了。

"是这样的，我现在的状况非常不好，我需要每隔一个小时浇一次水，晒半个小时太阳。"花清泽郑重其事地答道。

桑兮兮不由自主地握紧了花盆，力道通过花盆传给了花清泽，花清泽急忙改口："那个，一个小时不行的话，两个小时也凑合……"

桑兮兮闷声道："有什么区别吗？"

树枝不断上下摆动："当然有区别，每天可以少浇一点……"

桑兮兮打断了他的话："不管是一个小时，还是两个小时，我都要带着你去上班。"

树枝停止了摆动，花清泽半晌后道："办公桌上摆一盆绿植应该不违反规定。"

"对，然后下班的时候再带回来。"桑兮兮闷声道。

花清泽没说话，只是微微摆动着树叶。

桑兮兮看着他斑驳发黄的树叶长叹了口气，他被弄成这样也是她弄的，似乎也要负点责任才说得过去。

第二天早上上班前，桑兮兮将花清泽换到了一个旧塑料瓶改的花盆里，花清泽全程抗议个不停："这个花盆一点不透气，气味难闻，样子难看……"

桑兮兮冷冷瞪了他一眼，将花盆塞到了一个布袋里，拎着他出门上班。

B城的早高峰的地铁，能将胖子挤成瘦子，瘦子挤成薄纸。桑兮兮拎着他上了地铁，车上的人格外多，汗味混着香水味以及不明的酸臭味形成了一股让人窒息的味道。

桑兮兮拼命忍着恶心，小心地把花清泽护在身下，以免他被挤扁。就在她快要被地铁里的奇葩味道熏得要晕倒时，忽然闻到一股淡淡的香气，清爽好闻，立即冲散了难闻的味道，仿佛置身在绿茵茵的草地上，又像是在结满了果实的树林里。

原本恶劣的心情骤然变好，她仔细地寻找气味的来源，却发现是来自花清泽。树的周身闪着一层薄薄的金光，很美很好闻。

下了地铁后，香味渐渐消失，桑兮兮发现花清泽的叶子似乎蔫了一点。

"是你散发的味道吗？"桑兮兮悄悄问道。

花清泽不经意地抖动了两下叶子表示承认，桑兮兮笑着摸了摸树叶，心照不宣地和他握了握手。

桑兮兮在一家门户网站工作，每天的日常工作是管理公众号和编写公众号文章。除了让人头秃外，总体工作环境不错。

桑兮兮将花清泽放在桌子上，开始了每天日常的工作。她刚打开电脑，危雅就走了过来："你带了什么东西来？"

桑兮兮笑着说："一盆绿植而已。"

危雅看了绿植一眼撇了撇嘴："又种上树了，行啊，桑兮兮，你现在养狗种树，提前过上了退休生活啦。"

桑兮兮不好意思地笑了笑，危雅话锋一转又问道："今天公众号的内容想好写什么了吗？"

桑兮兮连连点头："我想过了，准备连做十期关于全球变暖、海洋受到污染、野生动物的生存困境的内容，宣传环保。"

危雅皱起眉头道："又是环保的内容，粉丝都不愿看了。还是写点人人喜闻乐见的内容吧，轻松搞笑点就好，现在人人都那么累，谁喜欢听人家天天唱哀乐、敲警钟？对了，你知道那两个卖恩爱夫妻人设的明星吗？他们离婚了！微博都炸了，你赶紧去围观围观写篇稿子，保证点击破十万。"

桑兮兮据理力争道："但是现在环保是非常重要的事……"

"你说得对，你说得对。"危雅打断了她的话，"但是没用，你说的那个不是热点，我们需要热点，有热点才有热度，有热度才有点击，才有钱。亲爱的，对我们来说环保远远不如钱来得重要，明白吗？"

桑兮兮本想和危雅好好辩论一番，然而危雅已经将她抛在脑后，急急忙忙走到另外一位新同事面前。听说那位新同事家中殷实，代步车都是进口豪车，很值得帮助。

一整个上午，桑兮兮都在稀里糊涂查看明星八卦。她平时对明星八卦都不太关心，谁是谁都不甚明了。等她想起来的时候，花清泽的叶子更蔫了，她急忙叫了他两声："花清泽！花清泽！"

花清泽未回答，身旁的同事瞄了她两眼，又瞄了瞄她手里的花盆："你还给花取名字？"

桑兮兮愣了愣问道："绿植为啥不配有姓名？"

同事被她问得愣住了，嘀咕着看向自己桌上摆着的绿植，考虑要不要给它也取个名字？

桑兮兮浇完了水，又将花清泽端到窗边晒太阳。

她找了个高一点的地方，将花清泽放上去，正待要走，花清泽叫住了她："等一等！你去哪里？"

"我去工作啊！你放心吧，我会设置好闹钟，一会儿再来给你浇水。"桑兮兮将手机上设置的闹钟给他看。

"我一个人初来乍到，你把我单独放在这里合适吗？"花清泽振振有词地问。

桑兮兮愣了一秒："那要不要给你介绍下公司的情况？告诉你厕所在哪里？"

花清泽顿时没词了，只是将树枝扭到一旁表示不满。

桑兮兮看他可怜的模样，一时心软，又捧着花盆往办公桌走。走了两步，她又觉得他需要晒太阳，又端着花盆往窗台走。这样来来回回挣扎了好几回，最后还是将花盆放在了阳台上。

花清泽委屈巴巴地伸出树枝缠住桑兮兮的手，桑兮兮耐着性子对他说："我一会儿就来接你了，你乖一点。"

"桑兮兮，你到底在干吗？"危雅突然出现在她身后，吓得桑兮兮手一抖差点将花清泽从十二楼扔下去。

花清泽急忙用枝条缠住桑兮兮，桑兮兮抱紧了花盆，对危雅假笑："怎么了？"

危雅盯紧了她手中的花盆疑惑地问道："这盆花是不是刚才缠住你的手了？"

"没有！"桑兮兮斩钉截铁地答，"你看错了！"

危雅半信半疑地问："真的吗？我怎么刚才好像看到了……"

"你找我什么事？"桑兮兮急忙转移话题。

危雅这才想起正题："我们中午和宋一波一起吃饭吧？"

"宋一波是谁？"桑兮兮茫然地问道。

"就是新来的同事。"危雅解释道。

危雅兴致很高地给桑兮兮八卦宋一波的情况，他是一名家产丰厚的富二代，名校海归，也是个时尚达人，还是名不折不扣的钻石王老五，公司里面已经有好些人对他留了心思。

桑兮兮胡乱地答应了，一心盘算着把花清泽放在哪个位置比较好。她最终还是放弃了将花清泽留在窗台的打算，又将他带回到桌子旁。

中午吃饭的时候，桑兮兮刚关机离开，花清泽又叫住了她："你去哪里？"

"我去吃饭啊。"桑兮兮看着花清泽挥舞的树枝急忙说，"你总不会让我抱着花盆去吃饭吧？"

花清泽相当赞同："为什么不可以？"

桑兮兮被怼得半天说不出话来："你见过哪个人吃饭还抱着花盆？"

花清泽语重心长地劝道："小同志，你怎么能墨守成规呢？别人没做过，难道你就不能做？这样怎么会有大的突破？这样的话，世界怎么进步？要大胆地去做去尝试，不要怕嘛！只是拿个花盆而已，又怎么了？"

"别人肯定会把我当成傻子！"桑兮兮并没有接受他的忽悠。

"不要管别人怎么想，走自己的路让别人说去吧！说不定你还可以引领一股新的潮流，以后每个人出门都会带着一个花盆呢！"花清泽不屈不挠地继续忽悠。

桑兮兮坚决不肯接受忽悠："太傻了，我坚决不当'沙雕教主'！"

花清泽伸出树枝塞到她的手里，强行和她握手："小同志，历史是靠人创造出来的，'沙雕教主'怎么了？那不也是个教主吗？不要用老眼光看问题，人生要大胆创造！"

桑兮兮甩开手道："不，我拒绝，我不要！"

花清泽居然没有继续和她争辩，只是老老实实地蹲在花盆里，像一棵真实的树一样。

桑兮兮指着他说道："我已经决定了……"就在这时她发现坐在隔壁的同事用看傻子的眼神看着她，她一慌便抱起花盆，"没看过有人带花盆吃饭吗？"

同事忙摇摇头，桑兮兮抱着花盆就走，同事在她身后小声嘀咕道："带花盆吃饭怎么了？我也想带……"

危雅看着桑兮兮抱着绿植出现在餐厅里，不由得揉了揉眼睛："你不是吧？吃饭还要带盆树？"她在心里暗自补充了一句：还是那么丑的树！

桑兮兮将花盆放在桌子上，对危雅和宋一波尴尬地笑了笑，正要解释，就听到宋一波两眼盯着花盆，连声称赞："这是不是最新的潮流？身边随时带着一盆植物，随时可以呼吸到新鲜空气，看到绿色，真是好潮啊！"

桑兮兮就坡下驴："对对对！这也是表达环保的诉求，你看地球现在环境恶化，北极冰川融化，我们应该多种树，为地球减负。"

危雅的脸笑得很僵硬，眼见着桑兮兮开始大力宣传环保，提倡自带餐具，甚至提出将一次性筷子洗干净反复利用，微波炉少转两分钟减少用电等"寒酸"的生活方式，简直要昏过去：她是不是把脑子丢在公司里面了，怎么能对一个富二代说这样的话？

就在危雅后悔叫上桑兮兮打掩护的时候，没想到宋一波连声附和："对对对，你说得太对了！环保真是太重要了，保护环境是为了保护我们自己，而不是人类！"

桑兮兮激动万分，一直以来她致力宣传环保，常常被人当成疯子，没想到宋一波和她意见居然如此统一。她一激动，抓住了宋一波的手："同志啊！我终于等到你了！"

危雅的眼珠都快掉出来了，自己还没动手呢，怎么被桑兮兮抢了先？她连忙加了一句："我也非常支持环保的！"说着将桑兮兮的手拨开，笑眯眯地说，"我们点菜吧！"

就在桑兮兮和宋一波交流了对地球环境的看法后，菜上来了，两人都很自然地取出了自带餐具摆在桌上。危雅一看情势不妙，忙让服务员撤去一次性餐具。

服务员很为难地告诉她："小姐，我们这里没有其他的餐具了。"

危雅心一横，对服务员说："你们怎么能这样不环保？我坚决不使用一次性餐具！"

服务员眨了眨眼道："那要不然您用手？"

危雅看了一眼宋一波，他的目光落在那些一次性餐具上，神情相当不悦，她心一横答应了："你拿个手套给我。"

服务员用古怪的眼神看着她："手套不也是一次性的吗？您还是洗洗手吧。"

危雅恨得咬牙，一言不发地起身去洗手，为了钓宋一波这条大鱼，她真是太难了。

危雅洗完手回来后，却发现自己面前摆着一套餐具，宋一波笑眯眯地对她说："你先用我的吧。"

危雅欣喜若狂，他竟然把自己的餐具给她用！这是多么亲近的行为！莫非她刚才的表现赢得了他的好感？

就在这时，宋一波又拿出一套餐具："好了，我们吃饭。"

危雅目瞪口呆："你带了几套餐具？"

宋一波拍了拍包，自豪地说："十套。"

危雅傻了眼："十套？你卖餐具吗？"这时候她才发现周围的桌子

上摆着和她面前同款的餐具，都是宋一波提供的。

危雅看着面前那套餐具，本来的欣喜若狂打了点折扣。

这顿饭吃得很愉快，除了偶尔花清泽的树叶会莫名其妙落在汤里或者是"不小心"蹭到某道菜。

桑兮兮握着树干，露出了警告的笑容。

"桑兮兮，你不会爱上这棵树了吧？"危雅看她脸上的神色精彩万分，忍不住吐槽，"你对它笑什么？"

"啊？"桑兮兮抱紧了花盆，"我觉得……它挺好看的。"

危雅觉得她的笑容比刚才更加诡异，恨得连连拍自己的嘴，干吗要问这种问题？

宋一波赞同地点点头："我也觉得挺好看的，而且你们不觉得空气清新了很多吗？"

三人都抬起头深吸了一口气，危雅这次不让桑兮兮抢先，先一步表示："真的好很多！闻起来有股排骨味，真是好香好清新啊！"

桑兮兮牢牢捧着花清泽，用眼神发出警告，不要作死。

♥

第四章

刚才是你的超能力吗？

Congtian er jiang
Nixinshang

晚上下班的时候，天色已晚，桑兮兮抱着花盆出了公司。只见天地变色，狂风卷积着乌云杀气腾腾地朝着他们冲来。

B城向来少雨，桑兮兮没有带伞的习惯。见满天都是大雨警告，她也没尿，直接抱着花盆做好冲锋的姿势，打算朝地铁狂奔而去。

"桑兮兮！"一个声音自不远处响起。

她顺着声音一看，竟然是宋一波，他开着一辆车朝着她挥手："你要去哪里？"

"我去地铁站。"桑兮兮答道。

"快下大雨了，你赶上地铁出去还是淋雨，不如我送你回去吧。"宋一波说。

桑兮兮本想答应，一转念想起下午危雅对她的警告，连忙拒绝了："没事，没事，我坐地铁。"

她不想惹麻烦，何况对于宋一波她没有丝毫的兴趣。不等宋一波再次发出邀请，她抱着花盆朝着地铁狂奔而去。宋一波在她身后喊了两声，她也假装没听见。

地铁里面人山人海，人人都想在下大雨之前赶回家。桑兮兮刚艰难地挤进地铁站，就被推动着走，双脚离地，无须费力。

桑兮兮暗想，这样也挺好，不费力。

被人潮推进地铁后,她像一块被压扁的面包贴在地铁的一侧角落里。人人都习惯了拥堵,上车后迅速将自己的姿势进行微调,尽量以最舒适的方式站着盯紧手机。

桑兮兮也很想调整,但是这对此时的她来说,相当困难。她一只手费力地托着花盆,另外一只胳膊还卡在身后的人墙里,双肩包被另外一拨人墙卡住,和动漫里准备逃跑却被捉住的人动作一致。

她努力地将自己的胳膊抽了回来,然后开始拔包。可是包包卡在几个人当中,根本动也动不了。

就在她惆怅地想着自己什么时候能松绑的时候,突然看到花清泽悄悄伸长了树枝,朝她身后生长。绿色的树枝在人墙里不动声色地撑开了一道缝隙,将背包拉了出来。

桑兮兮紧张地向四周看去,大家的眼睛都盯着手机,没人留意到这小小的诡异事件。

她悄声地对花清泽说:"谢谢。"

花清泽微微摆动树枝,片刻工夫后,桑兮兮又闻到了清爽好闻的气味,驱散了整个车厢里的闷热黏腻的汗馊味。

出了地铁后,桑兮兮发现外面倾盆大雨狂作。她站在门口发起了呆,这里距离家不远,打车都不会有人接单。走回去的话,又嫌距离有点远,她肯定会被淋成落汤鸡。如果一直等的话,也不知道几时雨会小,更何况小幸还在家里等她呢!

身旁的人步履匆忙,三三两两散开,只剩下她一人站在地铁口发呆。

她向四周看了看，只见地铁出口处不远的马路边种着一排香樟树。虽然枝条稀薄，树丛矮小，但应该也可以避雨。

她跑到了树下，顿时大雨小雨稀里哗啦地浇在身上，非但没有半点遮雨的作用，树叶上的雨水滴下，还加大了降雨量。

聊胜于无，总比没有的强，桑兮兮举起包挡住头部，自暴自弃地继续走。

渐渐地，她觉得雨小了点，头顶上已没有雨水滴落。她有点疑惑，明明不远处的灯光下，大雨稀里哗啦地倾洒。

她疑惑地抬起头，只见头顶上稀疏的香樟树在顷刻间长得既高又大，枝条横竖交错，树叶层层叠叠，形成了一把天然绿色的雨伞，将雨水挡在外面。

不仅是头顶上的这一棵树，前方所有的香樟树彼此相连，枝条丰盈茂密，彼此交错，形成了巨大的绿色穹顶，为她挡住前路风雨。而她的身后走过的路上，那些香樟树以肉眼可见的速度恢复成之前弱小无助的模样。

饶是她见过花清泽的超能力，此时也惊得半天无语。她小心地捧起花盆，问花清泽："花清泽，这是你做的吗？"

花清泽没有说话，昏黄的路灯下，小小的绿植周身散发着淡淡的光芒，说不出的动人可爱。

"谢谢你，花清泽。"桑兮兮郑重其事地对花盆道谢。

花清泽微微摇动树枝，算是回答。

柔亮的光芒下，桑兮兮捧着绿植继续往前走，她走过的地方满是光芒。

回到家中后，小幸连滚带爬地跑到桑兮兮面前，激动地甩圆了尾巴，它一见到花清泽就兴奋地伸出爪子挠他。

花清泽忙将树枝拼命往后扯，避开小幸的毒爪。

桑兮兮忙将花清泽举得高高的，严厉地对小幸说："不行！绝对不行！"

小幸见桑兮兮如此坚决，只得悻悻地缩回爪子，放弃了祸害花清泽的打算。

桑兮兮将花清泽放在桌子上，仔细一看，却发现花清泽的精神比白天更差了，不禁吓了一跳："花清泽，你怎么了？"

花清泽有气无力地抖了两下树叶说："没啥，有点累，我先睡一会儿。"说着所有的叶子蜷缩了起来，像是睡着了。

一整个晚上，桑兮兮一直留意花清泽的情况。花清泽一直都没吭声，紧紧蜷缩成一团，之前总是散发的绿光也不见了。

桑兮兮有点慌，她在网上搜了一大堆治疗树的方法，然后挨个开始试。就在她准备将自制的花肥倒进花盆里的时候，花清泽终于说话了："你要干吗？"

"你醒了？"桑兮兮激动不已，"你都好久没动静了！"

花清泽有点怀疑，看了看墙上的闹钟："现在距离你下班到家才两个小时。"

"啊？是吗？"桑兮兮很惊讶，"我怎么觉得过了好久好久了。"

花清泽舒展开枝叶，浑身散发出荧荧绿光。桑兮兮觉得之前看着挺丑的树居然变漂亮了，指尖大小的树叶也变得碧绿可爱。

"刚才在路上是你的超能力吗？"桑兮兮问道。

花清泽有点不好意思地摆了摆枝条道："我本来以为自己可以像蝙蝠侠一样，结果拥有的都是这些没什么用的能力。"他显得有些伤感，"其他的超级英雄一拳可以打倒敌人，我却只能让树发芽长叶。"

桑兮兮郑重其事道："不，你的能力更有意义。他们的能力是破坏，你的能力是建设啊，建设比破坏更有意义。"

花清泽陷入了思考："是吗？"

桑兮兮再次点头："是的，地球不需要更多的破坏。"

"那坏人呢？"花清泽又问。

桑兮兮露出个大大的笑容："现在哪有那么多坏人？坏人还有警察叔叔呢。我们这些普通人，能保护好小动物，保护好环境，不祸害自己和他人就已经很好了。"

花清泽若有所思地摆了摆自己的枝条，陷入了深思。

花清泽满血复活，桑兮兮也开始做饭。她的晚餐通常很简单，一菜一汤，基本以蔬菜为主。本着不浪费的原则，基本将蔬菜每一部分都物尽其用，能吃的部分绝不浪费。饭菜虽然简单，却做得异常用心，她很讲究摆盘，一盘青菜也能摆出五星级大厨的感觉。

桑兮兮将饭菜摆好，郑重其事地对小幸说道："今天是个重要的日子，我们要好好庆祝一下。"

小幸很疑惑地歪着头听她说道："今天是全城垃圾分类规定实施一百天的日子，一定要好好庆祝才行！"

小幸不明白，只是配合地吃饭，一旁的花清泽疑惑地摆了摆枝叶："你连这种日子也要庆祝？"

"那当然了。"桑兮兮理所当然地答，"我外婆说过每个重要的日子都需要庆祝，这样生活才有期待嘛。"她的双眼泛起了光，"以前我和外婆住在一起的时候，每逢重要的日子我们都会庆祝一番的。她会按照不同的日子来准备不同的饭菜，我最喜欢她煮的竹笋火腿汤了，可惜现在吃不到了。"

"为什么？"花清泽不解地问。

桑兮兮的神色落寞，眼里隐隐有泪光："我外婆前年就去世了。"

花清泽连忙向她道歉："对不起……"

"没关系。"桑兮兮摇摇头，"外婆很早之前就和我说过，人生难免一别，最重要的就是留下美好的回忆。只要我永远记着那些回忆，她就永远活着。"

"你外婆很有智慧啊。"花清泽喃喃。

桑兮兮点头道："我就没见过比我外婆更智慧、温柔、强大的人了。她会做好多东西，会用垃圾做很多有用的东西，我们家里的大部分东西都是她处理过后做出来的。"她的眼睛里闪着温柔的光，轻声细述从前和外婆在一起的生活，"我小的时候，爸爸妈妈工作很忙，我就一直跟着外婆一起生活。我外婆是个很有活力的人，每天和年轻人一样，穿着颜色鲜艳的衣服，带着我一起跑步。她随身都会带着一个夹子和袋子，每次在路上跑步的时候，看到乱丢的垃圾，就会将垃圾捡到袋子里，没用的垃圾就丢弃，有用的垃圾就带回家。"

"带回家干什么？"花清泽问。

"我外婆超厉害，她很会把这些东西变废为宝，将那些没用的塑料瓶子、铝管、塑料管、玻璃瓶等都做成了许多东西。我最喜欢外婆用玻璃瓶做的风铃，风吹起来的时候，风铃就会发出好听的声音。我还在风铃上面挂一块小木片，写了我的愿望。"桑兮兮的嘴角扬起了笑容，"我们家那时候到处都堆满了东西，我们家的院子里长满了各种花，每年春天的时候，各种颜色的花一开，姹紫嫣红的，特别好看。院子里面经常会来小狐狸、小松鼠、小猫、小狗，外婆专门给它们留了好几个碗，给它们留下食物和水。那时候我觉得我家像城堡一样，什么都有，还和别人家都不一样，超级酷。"

花清泽听得悠然神往："听上去真的很像童话一样。"

桑兮兮指着身后的各种东西说道："这些都是外婆教我做的，不过我手比较笨，做得不如她好。"

"已经很好了。"花清泽摇着树叶说，"你外婆如果知道你做这些，应该也会很开心。"

眼泪在桑兮兮的眼中打转，却没有流出。她仰着头噙着笑意，半晌后用力地点点头："嗯。我也要做和她一样的人，我外婆常说，人就活这一辈子，短短几十年，一定要值得。"她拍了拍手，振作精神，"今天是个重要的日子，外婆，我们一起庆祝吧！"

这一夜，桑兮兮做了一个美梦，梦里有着从前花开的香味，甜甜软软，像外婆温暖的笑容。

花清泽站在一门之隔的外面，身上散发出五色的光芒，努力让香气自门缝里飘进去。

小幸趴在地上，好奇地看着花清泽，花清泽对它做了个噤声的动作："要保密哦！"

做了一夜的美梦，桑兮兮起床后发现花清泽又变成了小树靠在自己的房门外，形态萎靡，不禁觉得奇怪。

她低头问小幸道："他昨天晚上干什么了？"

小幸摇头摆尾努力叫了几声，急于出卖花清泽，奈何语言沟通不畅，桑兮兮丝毫没有领悟到它的意思。

带着小幸在外面溜达完一圈后，桑兮兮准备去上班。她考虑再三，还是将花清泽带在了身边。这棵树实在太奇怪，情况忽好忽坏，万一在她手里挂了，那可是人命问题。

清晨的地铁异常拥挤，今天也不知是怎么回事，人比往常还要多。桑兮兮被人流裹挟着往地铁里挤，走到通往地铁的拐角处时，身后的人也不知怎的撞了桑兮兮一下，桑兮兮不由自主地身体前倾朝着前面的人扑去。

眼见着要酿成一场大祸，一个人影陡然出现在她面前将她牢牢抱紧，避免了一场大祸。

桑兮兮的心跳骤停，她原以为自己肯定会摔在前面的人身上，然后前面的人会继续往前摔，形成一个大规模的灾难场面，没想到花清泽居然出现救了她。

"你没事吧？"花清泽急切地问。桑兮兮的心跳重启，陡然发现两人的姿势极其暧昧。花清泽比她高半个头，此时他站在她下面的台阶上抱住了她的腰，而她在慌乱中抱住了他的脖子，在混乱之中，唇瓣似乎还微微触碰了一下。

此时两人四目相对，目光交错，仿佛两个不舍得分离的情侣在拥抱。

桑兮兮像被烫伤了一样，立即松开了花清泽，脸上飞起了一抹可疑的红色。

花清泽低头问："你有事吗？"

温热的气息喷向她，她的脸更红了："我没事，你出来干什么？"

花清泽很无辜："可是我如果不出来你就摔倒了啊……"

桑兮兮无语，他陈述的是事实，可是她的心跳得厉害，一定要挽回尊严："谁说的？我可以自己站住的！你自己大庭广众突然跑出来，不怕被人当成怪物啊？"

"就算被人当成怪物也总比你摔倒了强啊。"花清泽脱口而出。

桑兮兮的心里微微一动，他的话说得真诚，一时间像是有什么挠动了她的心。她没有再和花清泽辩驳，只是偷偷看了他一眼，他正神情专注地望着她，那眼神热得发烫，烫得她赶紧移开眼睛，心脏却扑通扑通地跳个不停。

一整个早上，桑兮兮都在走神。向来心里只有工作的她，突然之间陷入了一种无法解释的情绪当中，脑海里总是浮现花清泽早上救她时的画面，还有他的眼神，以及之前的种种，一想起来就脸红心跳不已。

她用力地甩甩头，对自己说："不想了，我要好好工作！"可是目光又不由自主地投向了桌子上的绿植。

也不知是不是看久了，这棵丑得出奇的绿植居然越看越好看了，之前遭嫌弃的叶片形状也变得线条优美动人。

桑兮兮联想起花清泽那张好看的脸，嘴角不由得微微扬起了笑容。他虽然是个怪物，可真是长得好看啊。

他不会喜欢我吧？桑兮兮的心里陡然又冒出了个念头。

她被自己的这个念头给吓了一跳，这怎么可能？种族不同不能相恋！她和他是人花殊途，绝不可能在一起的。

她的目光瞥了瞥绿植，心中暗想，肯定是自己自作多情，毕竟他现在仰仗着她，对她这么好，只是为了报恩，或者这么做的目的是为了让她觉得他是个有用的东西，不会轻易抛弃。

嗯，肯定是这样！桑兮兮下了定论，告诫自己不要胡思乱想后，心里又隐隐有些失落，可又说不出来是为什么。

中午吃饭的时候，几名女同事坐在一起聊八卦、星座运程。

忽然有人问道："桑兮兮你是什么星座的？"

桑兮兮随口答道："双鱼座。"

"哦，那你要找巨蟹座的男朋友最好。"女同事一边数菜叶，一边说。

"为什么？"桑兮兮不解地问。

"这都不知道？当然是巨蟹最配双鱼啊！"一旁的男同事取笑道，"你居然连这个都不知道。"

桑兮兮茫然地问："这个很重要吗？"

"当然很重要啊。"女同事谆谆善诱，"两个人星座配不配，就决定着以后能不能走到一起。如果不配的话，就算再互相喜欢也不合适的。"

"就是就是，现在男女谈恋爱之前都要互相先问星座。"男同事补充道，"比如我是射手座，我最配的就是白羊座了。"

桑兮兮一脸受教，她对星座方面的知识储备少得可怜，现在听两位同事从各角度来分析星座的个性、般配、兴趣等内容，宛如发现了个新大陆。

她的心里冒出一个念头：花清泽是什么星座的呢？

她的问题没有答案，倒是一旁的女同事叫住了路过的宋一波问："宋一波，你是什么星座的？"

宋一波站住了，随口答道："金牛座。"

"咦，那你和桑兮兮也很般配哦。"女同事一脸八卦地说。

"你不是说和双鱼座最配的是巨蟹座吗？"桑兮兮呆了呆，难道刚才听错了？

"又不是只有一个星座般配啊，很多星座的契合度都很高的，双鱼座和天蝎座、巨蟹座、金牛座以及摩羯座都挺配的，只是般配指数不同，和金牛座的般配指数是 90%，已经非常高了。"

女同事耐心地解释完后，宋一波的目光落在了桑兮兮身上："原来你是双鱼座。"

"怎么了?"桑兮兮对宋一波这句话的语气很不解。

"没什么,你很像双鱼座。"宋一波摇摇头笑了起来。桑兮兮此时的眼神和表情非常梦幻,简直和星座书里写的那个茫然的双鱼座一模一样。

带着满肚子的新知识回到了办公桌前,桑兮兮不由得在电脑上搜索起星座相关的知识。她瞥了一眼桌子上的花清泽,暗想他是什么星座的呢?可转念一想,一棵树怎么会有星座?

"桑兮兮,下午星耀公司的人来谈合作项目,你接待下。"项目经理临时抓差,将工作丢给了桑兮兮。

四周的同事都用同情的目光看着桑兮兮,星耀公司出了名地难搞。

桑兮兮惊愕之余用求助的目光向四周看去,众同事纷纷低头侧目避开她的目光。只有宋一波没有避开她的目光,反而主动问道:"有什么我能帮得上忙的?"

桑兮兮抓住最后的救命稻草,试探地问:"你的英文应该很好吧?"

宋一波谦虚地答:"还可以。"

桑兮兮立即问:"那能麻烦你帮我看下这个PPT吗?"话说出去后,又觉得不妥,毕竟这是她的工作,不应该让同事帮忙。

宋一波却爽快地答应了:"没问题。"

星耀是大公司,喜欢做英文PPT,桑兮兮的英文马马虎虎,她怕里面会有错。宋一波接收文档后仔细地看了一遍，帮她检查出了好几处错误，还帮她删减了几页 PPT。

桑兮兮很感谢。宋一波微微抬头看着站在身旁的桑兮兮，她的侧颜很漂亮，嘴角微微上扬一直带着笑容。桑兮兮爱笑，笑起来的样子很暖，让人心口都暖了几分。

宋一波偷偷看着她时，突然感到手背上被什么蛰了下，又酸又痛。他忙不迭地看向手背，却什么都没发现。

下午的时候，星耀公司的两名负责项目的主管到了。和他们打过交道的同事扫了一眼来人，对桑兮兮更加同情了。

那两人当中的一人是星耀公司里面出了名地挑剔、难说话的大魔王林路，他极其挑剔，业内和他合作的公司没有一家不曾被他挑过毛病。

他长着一张扑克脸，从来没有露出过别的表情，别人休想从他的神情里面打探到一点点有用的信息。

桑兮兮远远地看他进门，就有点心怯，也不知道这个大魔王一会儿会怎么样对她。

她领着他们去了会议室，对两人道："你们喝点什么，我们有茶和咖啡？"

同来的另一人随口答道："都可以。"

而林路道："茶是什么茶？咖啡是什么咖啡？"

桑兮兮愣了愣，一般人都会选择其中一样，而林路却问得这么详细，她答道："绿茶、花茶都有，咖啡是速溶的。"

"绿茶是什么品种？花茶是哪种花茶？"林路接着问。

桑兮兮从没留意过茶水间里面的茶饮，仔细回忆半天答道："绿茶就是绿茶，花茶是菊花茶。"

林路并没有罢休的意思，扑克脸上锥子一样的眼睛盯着她，非要追根问底："绿茶有一百多个品种，你说的是哪个品种？菊花分贡菊、滁菊、金丝皇菊、桐菊等，你说的到底是什么品种？"

桑兮兮的后背渗出了汗，一杯茶而已，林路都已经这么挑剔，之后的 PPT 演练还不知道他会怎么样挑剔。

桑兮兮没回答，林路并没有放过她的意思，只是冷冷地盯着她："如果你连自己公司每天喝的茶水品种都弄不清楚，我凭什么相信你能把和我们公司的合作项目做好？"

桑兮兮被盯得汗流浃背，什么都没开始做，就已经被对方逼得无路可退，脑袋一热，胡乱答道："是贡菊。"

"那就来杯贡菊。"林路终于将目光收回去。

桑兮兮如蒙大赦，连忙跑向了茶水间泡茶。

桑兮兮在茶水间里翻来覆去找了很久，都没有找到贡菊。

就在她着急的时候，宋一波走过来问："你在找什么？"

"贡菊，我记得之前这里面有贡菊的。"桑兮兮急得鼻尖冒汗。

"贡菊上午的时候喝完了。"宋一波答道，"你换个别的吧。"

"不行，必须是贡菊。"桑兮兮简略地将林路刚才的话告诉了宋一波。

宋一波想了想说："你等下，我去买。"说完就冲出了办公室。

桑兮兮只得先泡了一杯绿茶送进了会议室，向林路解释道："贡菊喝完了，我的同事已经去买了，林总稍等片刻。"

林路面无表情地抬起手腕看了一眼腕表："不必了，我来这里已经十五分钟了，我的时间很宝贵，请立即开始吧。"

"那菊花茶……"桑兮兮的话只说了一半，看着林路的眼神立即决定闭嘴，甲方不好惹，这位甲方尤其难惹。

她打开了投影仪开始讲演自己的 PPT，虽然惧怕林路，但是之前做的准备充分，加上宋一波帮她调整的内容，她的陈述干净利落、清晰明确。

林路的同事露出了笑容，但是林路的脸上依然毫无表情，桑兮兮的心七上八下："两位觉得我们的计划书如何？"

林路冷冷地说："这个项目的具体负责人是谁？"

"我。"桑兮兮答道，"我负责。"

"你负责？"林路毫不犹豫地说，"那不行。"

"为什么？"桑兮兮很不解，"你不也认可我的计划书吗？"

"计划书和实际执行还有很大的距离，我认为你没有这个能力。"林路毫不留情地说道。

"就因为一杯菊花茶？"桑兮兮很愤怒地说，"我没有记错，只是喝完了而已。"

"喝完了恰恰是问题所在，你以为你可以完美地执行计划，却没有想过程中可能存在的意外。一个完美的计划恰恰是最不完美的，世上的一切都不可能完全按照计划来实施。"林路冷冷地说，"你的计划过于理想化，不现实。"

"计划当然是按照最理想状态来拟定，在实施过程中，如果有意外就会想办法去弥补，让计划重新回到正轨。这才是实施计划里最重要的一环吧，而这恰恰是她的优势。"宋一波端着一杯菊花茶进了会议室，将茶杯放在林路面前，"你要的贡菊茶到了。"

林路的目光扫过桑兮兮，又扫过宋一波："你才是弥补漏洞的人，和她有什么关系？"

"她不是一个人在战斗，我们公司的人都和她一起为之努力，她最大的优点就是凝聚力。想想吧，你需要的不是一个全能型的人才，而是一支有凝聚力的团队。"宋一波笑着说。

林路端起茶杯喝了一口，又放了下来："好，这个项目由你负责，一切必须按照计划实施，绝不允许出任何意外。"

送走了星耀公司的人后，桑兮兮连声向宋一波道谢。

宋一波笑着说："这不是你一个人的事，是公司的事。项目做好了，大家都有好处。更何况我也没帮什么忙，只是说两句话而已，全都是你自己的努力，桑兮兮，你真棒！"

桑兮兮心里明白宋一波这次帮了大忙，星耀公司很特别，他家财力雄厚，价格方面几乎是最为优厚的，且因为星耀在业内的地位很高，如果能和他们合作是可以炫耀的资本。

因此虽然星耀公司难搞定，但是依然有无数公司前赴后继努力和他们达成合作。

"我请你吃饭吧。"桑兮兮说。

"好啊。"宋一波露出一排洁白的牙齿,"晚上下班后一起吃饭。"

下班后,桑兮兮整理好东西,捧着花盆和宋一波一起进了电梯。

电梯里面的人不多,两人都没有说话。宋一波比桑兮兮高半个头,侧目看见桑兮兮的耳朵上挂着一只红色樱桃的耳环,细白如瓷的肌肤旁是几缕黑色的头发。那红樱桃格外耀目,他的心里像是有什么挠了一下,连忙收回了目光。

桑兮兮询问宋一波的意见,宋一波想了想挑了一家日料店。

日料店距离公司有段距离,宋一波开车载着桑兮兮一起去,正值晚高峰,车子在路上缓缓地行驶。

天色渐暗,夕阳的余晖在天边肆意涂抹,金红的光芒笼罩在苍穹之上。

桑兮兮捧着花盆痴迷地望着远方,宋一波瞥了她一眼问道:"你不累吗?"

"什么?"桑兮兮被惊醒,迷惘地望着宋一波。

"花盆。"宋一波指着她的脚边说,"可以放在下面。"

桑兮兮看了一眼她的脚边,又看了看花盆:"不用了,我已经习惯了。"

宋一波笑道:"这个绿植对你很重要?"

桑兮兮点点头,宋一波又笑着问:"是男朋友送你的吗?"

桑兮兮摇头:"不是。"

宋一波的目光不经意地掠过她的脸,她是个相对简单的人,喜怒哀乐都表露在脸上。

"哦？那你为什么这么重视它？"宋一波接着问道。

桑兮兮挠挠头："没有为什么，难道做什么事都要有理由？"

宋一波又笑："那倒不是，只要自己喜欢就行。我只是好奇罢了，没有见过哪个女孩子这么喜欢绿植的，天天带在身边，简直像是对自己男朋友一样。"

桑兮兮险些把花盆扔了，开什么玩笑？男朋友？花清泽才不可能是她男朋友呢！

宋一波见她花容失色，顿时紧张起来："怎么了，发生什么事了吗？"

"没事，手有点抖。"桑兮兮想了想还是将花盆放在了脚边。

"不好意思，车子没开稳。"宋一波抱歉地说道，也不管脚上连刹车都没踩过。

为了缓解尴尬的气氛，宋一波打开了音乐。轻柔如梦的音乐缓缓倾泻，温柔地包裹每个人的心。宋一波恨不得永远开不到那间餐馆门口，他偷偷看了一眼桑兮兮。桑兮兮似乎丝毫没有被这份浪漫所打动，而是低着头一个劲地在弄什么东西。

"怎么了？"宋一波不由得问道。

"没，没什么。"桑兮兮的手往下一按，像是在按住什么东西一样，努力地对宋一波挤出尴尬的笑容。天知道花清泽怎么会突然发神经，突然长出了长长的枝条不断地往上攀扯，她生怕被宋一波看出端倪，连忙将他按住，两人在车里暗自较劲。

"还有多久到？"桑兮兮看着宋一波怀疑的眼神连忙转移话题。

"就在前面拐弯的地方。"宋一波将目光投向了车窗外，他已经将车速控制在 40 迈之内，可还是开到了，要到达的地方始终会到达。

下车的时候，桑兮兮本想将花盆带出来，可是又担心花清泽会出幺蛾子，想了想还是将花盆留在车里。

宋一波一路在前方领路、开门、拉开椅子请她坐下，表现得很绅士。

点单的时候，宋一波将菜谱送到桑兮兮面前。桑兮兮并不常吃日料，这家店又是一家高端日料店，菜单上面的东西十个有九个她不认识，茫然地看了一遍后，又递给了宋一波。

宋一波见她不明白，便询问了她的口味，然后点了几道菜。

摆得漂亮的料理一道道被端上了桌子，宋一波很有耐心地向桑兮兮介绍每一道菜的吃法。桑兮兮虚心受教，然而她对这些生冷的食物不感兴趣，唯一多喝两口的就是味噌汤。

宋一波有些挫败："你不喜欢？"

"还好，味道都不错。"桑兮兮礼貌地笑着。

"那就好，我担心你不喜欢。"宋一波笑着说，"从环保角度来说，生冷的食物也比较环保。"

桑兮兮一愣，正要说话，就听到旁边有人说："可是生冷的食物对人体不环保，细菌容易超标，会致病。人类进化史上，从生食变成熟食，才让寿命大大增加了。请人吃生食，那也算是谋财害命了。"

桑兮兮惊愕不已，没想到花清泽居然会出现在这里："你……"

"怎么了？"花清泽露出一副人畜无害的表情，笑得又甜又无辜，"你不是说要去吃火锅吗？怎么跑到这里来了？"

桑兮兮一愣，她几时说过自己要去吃火锅了？

"请问你是？"宋一波用考量的目光打量着花清泽，这个男人长得真是帅……那种令人讨厌的帅。他又望向了桑兮兮，想要从她身上得到答案。

"朋友。"桑兮兮答。

"哦，你好，我是桑兮兮的同事宋一波。"宋一波站起身向花清泽伸出了手。

花清泽顿了顿也伸出手用力地握了下宋一波的手。

宋一波的手被捏得很疼，差点变了脸，他努力控制住自己的神情，邀请花清泽一起坐下吃饭。

花清泽看了一眼桑兮兮，桑兮兮的脸色很不好看，低声问道："你想干什么？"

花清泽笑嘻嘻地说："啊？你不想吃这个啊？我也觉得这些都是样子货，表面看起来很好，其实既不好吃，也没营养，不如我们去吃火锅吧？"说着就拉着桑兮兮走。

桑兮兮抽回胳膊，恼怒地对花清泽说："你别瞎捣乱！"

花清泽一副受伤的模样："我捣乱了吗？我没捣乱啊。"

"我请同事吃饭，你瞎闹什么？"桑兮兮怒道。

花清泽看了看宋一波，故意加重了语气："请同事吃饭啊。"他特意把"同事"这两个字说得很重，用挑衅的目光望着宋一波。

宋一波看着花清泽的姿势，很明显地将他和桑兮兮隔开一段距离，又看了一眼桑兮兮："你朋友挺有意思啊。"

"花清泽，你要么坐下吃饭，要么走。"桑兮兮咬牙低声说。

花清泽立即乖巧地拉开椅子坐在桑兮兮身边，换了一张人畜无害的脸："吃饭。"

两人都被花清泽这突如其来的变化弄得莫名其妙，都不知道发生了什么。花清泽却拿起筷子夹了一块鱼子酱寿司放在了桑兮兮的碗里："来，吃饭。"

整顿晚饭，花清泽十分殷勤，不断地给桑兮兮布菜，不肯让她的碗空。宋一波想要给桑兮兮说点什么，或者介绍新料理时，都被花清泽以各种方式不露痕迹地拦了下来。

宋一波望着两人，感觉自己有点多余。

吃过饭，被撑得半死的桑兮兮说什么都要买单，宋一波没有再坚持。

宋一波问她："我送你回去？"

花清泽先说道："不必了，晚上吃得太多，要散步消消食，我送她回去。"

桑兮兮也同意："这么晚了，不麻烦你了。"

宋一波没有再坚持，目送两人离开后，长叹了口气。他突然想起车上还放着桑兮兮的花盆，本想叫住她，想了想还是决定明天带给她。

他打开车门一看，却见车子里面只有一个花盆，绿植不见了。宋一波有点茫然，绿植去哪里了？

桑兮兮瞪着花清泽："谁让你跑出来的？"

"你们去吃饭，把我一个人丢在车上，这是遗弃，还要怪我？"花清泽委屈得像个受伤的小狗，"我一个人在地下停车场里面待着，四周气味难闻，光线黑暗……"他嘴巴一瘪，一双眼睛亮晶晶，隐约觉得有泪光在闪烁。

桑兮兮怀疑自己听错了，他的意思是怕黑吗？树会怕黑吗？

看他的模样简直和小孩子一样，她的心里有那么一丝丝愧疚："下次不会把你丢下了。"

"嗯。"花清泽连连点头，就势张开双臂抱住她。

桑兮兮一阵发蒙，半天才抬起手摸了摸他的头，算作安慰，就是手感不如小幸好啊。

花清泽伏在她的肩膀上，嘴角抑制不住地扬起。满心的喜悦令他浑身都有种轻飘飘的感觉，仿佛坐在热气球上面往天上飞。下一秒他就真的飘了起来，他浑身上下散发着绿光，很快又变回了一棵绿植落在了地上。

桑兮兮捡起了绿植，花清泽强行"挽尊"："出来的时间有点久了……"

"明白，明白。"桑兮兮点头附和。

花清泽羞愤不已："真的，我……"

"你自闭了，我明白。"桑兮兮忍不住笑意。

花清泽无语争辩，他望着桑兮兮满是笑意的脸，默默闭上了嘴，心里涌起了一阵甜。

夜半时分，桑兮兮已经睡下了，客厅里面却一阵骚动。

小幸支起耳朵，抬头朝着外面看了看，悄悄地扒开了房门溜了出去，只见客厅里面散发着粉色的光芒。

光芒的来源正是花清泽，他蜷缩在沙发里面，浑身上下都散发着粉色的光芒，头发的颜色都变成了粉色。

他托着腮一脸烦恼，看见小幸来了，就将小幸捞到怀里，小声问道："你来了？"

小幸歪着脑袋看着他。花清泽抬头看向了桑兮兮的房间，里面黑漆漆的，什么都看不见。他朝着里面看了一阵后，长叹了口气，朝着房间的方向抬起手，绿色的藤条立即迅速地爬到门边，把门关上了。

"小幸，我好像生病了。"花清泽忧心忡忡地对小幸说，"我以前从来没有变成这样过。"他将手递到小幸面前，"你看，我变成了粉红色的了，恐怕是得了绝症了。"

小幸舔了舔他的手，他叹了口气："不知道你主人知道了会不会难过？"他向着紧闭的房门投向目光，"小幸，你要变得强壮，好好保护你主人。万一我突然死了，保护她的责任就交给你了。"

小幸好奇地望着花清泽，他周身的光芒变了颜色，从粉红色变成了灰色。他的情绪更差了，凄凄切切地想自己得了绝症后，桑兮兮的伤心难过，灰色的光芒又变成了深灰色。

小幸不喜欢花清泽变成深灰色后散发出的气味，从他怀里挣扎着跳出来，跑回房间门口开始扒门。

桑兮兮很快惊醒了。她起床打开房门，放小幸进门，却在迷迷糊糊中看到花清泽颓然地缩在沙发里："你不睡觉，在搞什么鬼？"

花清泽听到桑兮兮的声音，浑身的光芒顿时变成了粉色。

桑兮兮看傻了眼："你怎么变色了？我还是第一次看到粉红色的树呢。"

花清泽的心猛然跳了几下，虽然此时桑兮兮穿着睡衣，头发蓬乱，看起来还有点浮肿，可是不知道为什么心里莫名开心，他有点羞答答地说："是吗？"

"你怎么了？大半夜不睡觉，在这里变魔术吗？"桑兮兮不解地问道。

"我要是好不了了，怎么办？"花清泽鼓足勇气问。

"好不了了是什么意思？"桑兮兮震惊地望着他，"你怎么了？这几天不是已经好很多了吗？难道我又哪里弄错了？你别吓我啊。"

"你没弄错，是我自己的问题。"花清泽连忙安慰她，"我从来没有像现在这样过。"

"你到底怎么了？"桑兮兮急切地拉起他的手问，"到底有什么毛病？"

花清泽的心猛烈地跳动了几下，浑身上下的粉色更亮了。他凝望着桑兮兮关切的双眸，呼吸都变得困难。

"你说话啊！"桑兮兮等不到花清泽的回答，连声催促他。

花清泽心跳如急鼓，粉色的光芒变成了绯红色，他陡然间明白了自己这段时间情绪混乱的原因："是你。"

"什么？"桑兮兮愕然。

花清泽笑了起来："只要你在我身边，我就没事。"

桑兮兮莫名其妙，花清泽却笑得温柔："桑兮兮，你千万不要放弃我，一定要救我哦。"

桑兮兮虽然不明白花清泽这古里古怪的行为，还是答应了："肯定会救你的。"

"你快去睡觉吧。"花清泽催她，"明天还要上班呢。"

"对啊，还要上班呢。这会儿把我吵醒了，也不知道能不能睡着了。"桑兮兮抱怨道。

"肯定能睡着的，我保证。"花清泽笑眯眯地说道。

"真的吗？"桑兮兮闻到了一股淡淡的薰衣草香气，不由得打了个哈欠，迷迷糊糊地朝着房间里走去。

花清泽望着她的背影，心里一阵欢喜，自言自语道："你就是我的药。"

周末的早晨，天清气爽，难得气温不高。

桑兮兮起了个大早，忙忙碌碌地打扮起来。她选了一套蓝色衣裙，打扮得美美的。

"你要去约会吗？"花清泽摆动树枝。

桑兮兮将头发束起，又在衣裙外面套了个漂亮的手工围裙，摇了摇头："今天我要去当义工。"

花清泽愕然："当义工要穿得这么讲究吗？"

"当然，要有仪式感！"桑兮兮答得自然。她朝着镜子里面再次看了看，这才满意地戴上手套，拿起事先准备好的夹子和袋子出门。

"等等，我也要去。"花清泽连声喊道。

桑兮兮坚决拒绝："我不能带着花盆去做义工，太不方便了。"她指着小幸和花清泽，"你们两个就好好在家里待着吧。"

说完，她先一步离开了家中，留在家里的两只互相对望了一眼。

花清泽说："小幸，好像有些不对啊，大周末的不带你去玩，还打扮得这么好看，肯定有问题。"

小幸"汪汪"叫了两声，表示附和。

"我们要不要跟过去看看？"花清泽又问道。

狗爪和树枝碰了一下，花盆里的绿植消失了。空气中出现了一团绿色的雾，一个身形颀长的男子出现在房子里，他长着一头浓密的头发，像个刺猬。他的脸色有些发白，不过双目如漆，眸色深沉，薄唇弯成一抹月牙，笑起来很好看。

花清泽对着镜子抓住自己的头发，很快那头刺猬发变短了。他对着镜子仔细地端详了一阵，又问小幸："你觉得这个发型怎么样？"

小幸摇着尾巴看着他，他仿佛明白了它的意思，赞同地点头："好像是有点老气，那这样呢？"随着他拨动的指尖，发型也发生了变化，这次变成了朋克风格。

小幸叹了口气，花清泽郑重其事地点点头："嗯，我也觉得似乎不符合我的气质。"

花清泽一口气变换了十多种发型，直到小幸"汪汪"叫了两声，他才停了下来，对着镜子里面仔细照了照，用怀疑的口吻问道："你真的觉得这个发型好看吗？"

小幸兴奋地摇头摆尾，花清泽看着镜子里面自己的脑袋上面鼓起的一个包，越发怀疑："你真的不是我的对手派来坑我的？"

花清泽抱着小幸出了门，为了不被桑兮兮发现，他还戴上了桑兮兮的墨镜。他鬼鬼祟祟地跟在她身后，一路东躲西藏，生怕被她发现。

桑兮兮感觉到有点不对劲，但是也说不出哪里不对劲。她回头看的时候，除了树什么都没看见。她心里一个劲地犯嘀咕，仔细想了又想，又想不出哪里不对劲。

一转身看到了一棵很大的椴树，这棵椴树和别的椴树好像没什么区别，同样有绿油油的叶子，只是树干当中围着一条黄色的围脖，瞧着有点古怪。更古怪的是，她不知道为啥觉得那棵树好像……有点眼熟？

桑兮兮猜想自己是不是最近和花清泽打交道太久了，对树木产生了眼熟的感觉。

就在她打算回头去看看那棵椴树的时候，一眼瞥到了地上有个被油浸透的纸袋。她拿出夹子伸手去捡，另外一个夹子先她一步将那个垃圾袋捡了起来。

"咦，桑兮兮，怎么是你？"对方先喊出了她的名字。

桑兮兮一愣，抬头一看，竟然是宋一波："你怎么在这里？"

宋一波穿着一身休闲运动衫，戴着帽子，手上同样戴着手套拿着夹子和塑料袋，冲着她一笑，露出了一排糯白的牙齿："我今天去做义工啊，你也是要去做义工吗？"

"对啊。"桑兮兮很惊奇，"你经常做义工吗？"

宋一波笑着说："我之前在别的地方做，这个地方还是第一次来呢，还没找到地方。"

"来来，我带你去。"桑兮兮热情地说，"你跟我走吧。"

宋一波欣然答应，跟着桑兮兮一起并肩而行。两人一边走，一边探讨起做义工的事情，桑兮兮把那棵椴树的事抛到了脑后。

不远处，椴树消失了，花清泽抱着小幸幻化出现。为了躲避桑兮兮，他们两个一直往树丛里面躲，实在没树可以躲的时候，他就自己变成一棵树。小幸不会幻化，被花清泽放在了胸口。

"哼！还说去做义工，明明就是去约会。"花清泽对小幸说，"我就知道她是个重色轻友的家伙。"

小幸"汪汪"叫了一声，桑兮兮耳朵尖，听到了叫声，不由得回头看了一眼，却什么都没看见。

花清泽抱着小幸躲到树后，直到确认桑兮兮没有再回头，才松了口气。他教训小幸道："你怎么能随便发出声音？有没有点跟踪者的觉悟？太不专业了，要保持安静，知道吗？"

小幸眨巴眨巴眼睛，大声"汪"了一声。

"你怎么了？"宋一波看桑兮兮频繁地回头，"是什么东西掉了吗？"

"不是，我听到了狗叫的声音，还以为是我的狗。"桑兮兮解释道，

"听上去声音好像。"

"你养了狗？"宋一波惊讶至极。

桑兮兮点了点头，她看着宋一波的表情问："你不喜欢狗吗？"

"不是，不是。"宋一波急忙调整表情，"狗很可爱。"

桑兮兮露出了笑容："狗超级可爱，超级治愈的！心情不好的时候撸两把，很快心情就会好了。"

宋一波欲言又止，赞同道："是挺可爱的。"

桑兮兮开心地向他描述起小幸的点点滴滴，宋一波在一旁保持礼貌的微笑，没有再多说一句话。

两人很快走到了义工中心，他们主要负责的是公园里面的垃圾。周末游玩的人很多，很多人都会随手将垃圾乱丢，还有些人即便将垃圾塞到了垃圾桶里，也搞错了分类。

桑兮兮和宋一波的主要工作就是将垃圾桶里面放错的垃圾重新分类，并捡起地上的垃圾。

因为天气不错，今天来公园玩耍的人更多，人流挤满了公园。

桑兮兮指着公园里的小路对宋一波说："我们在这条路分开吧，我去左边，你去右边。"

宋一波却摇摇头："这样的话，可能两边都弄不好，倒不如我们先一起清理一边，然后再一起清理另外一边。"

桑兮兮没有反对，反正都是清理，宋一波的办法也未尝不可。她朝着其中一个垃圾桶走去，开始清理，宋一波也跟着走到她身旁帮助她检查垃圾桶内的垃圾。

"桑兮兮，我一直很好奇一件事。"宋一波犹豫了片刻问，"不知道你方不方便回答？"

桑兮兮从不可回收垃圾桶里捡出两个塑料瓶："什么事？"

"你为什么叫桑兮兮？我的意思是，你的兮字，有什么意思吗？"宋一波好奇地问。

"没什么特别的意思。上幼儿园的时候，我们班里叫茜茜的就有四个。我不喜欢和别人一样的名字，就让我爸爸给我改了个名字。他找了半天只有这个字没有人用，我就叫了这个。"桑兮兮一边说，一边将丢错的垃圾重新分好类。

宋一波饶有兴致地看着她："我明白了，你不喜欢和别人相同。"

桑兮兮点点头："我就是我，不要和别人一样。"

宋一波笑着说："我没看错，你果然是超级有个性的人。"

花清泽站在公园门口，望着售票处叹了口气。

他既没钱，也没手机，还没身份证，整个一个三无人员，想要进入公园实在为难。

小幸丝毫没有这方面的顾虑，拉长了绳子要往公园里跑。

花清泽看了看小幸，心里有了个主意。他抱住小幸走到无人处，对它说："小幸，这件事就交给你了，你一定要好好完成啊。"

小幸"汪"了一声。花清泽点点头很满意它的回答："很好，一定要把我带进去。"

他把自己的手腕系在小幸的背上，然后变回了树，枝条绑在了小幸的背上。小幸驮着绿植朝着外面跑，花清泽急了："反了！反了！"

好在公园外人多，没有人发觉这个声音是来自狗背上的绿植。

小幸背着花清泽东南西北乱跑了一气，终于在花清泽的指挥下偷溜进了公园。

花清泽拼命制止想要去找桑兮兮的小幸，死命地拖着它去了一个无人的角落，才恢复成人的形状，摸着小幸的脑袋赞叹道："干得漂亮！我就知道你靠得住，下次要是认路更准点就好了。"

小幸张着嘴露出天真无邪的笑容，正要叫时，花清泽连忙捂住它的小嘴："你又忘记组织纪律了！"

他紧张地瞥了一眼不远处正在说话的桑兮兮和宋一波，确认他们没发现自己，这才松了口气，混在人群里慢慢向他们靠近。

桑兮兮和宋一波边干活边说话，并没有发现他们。

花清泽撇撇嘴对小幸吐槽："假借做义工的名义谈恋爱。"又仔仔细细地打量了一阵宋一波，"小伙子油头粉面的，看着就不像是个好人，你家主人眼光真不咋的。"

小幸被花清泽抱久了，有点不耐烦，它从花清泽怀中跳下来，朝着桑兮兮狂奔而去。

花清泽急忙上前追了两步，可已经来不及了，小幸"汪汪"的叫声已经出卖了它。

桑兮兮循声望去，却看见一团黄色的小毛球朝着她奔来，她又惊又喜地半蹲在地朝小幸张开了双臂，将小幸抱在怀里："小幸，你怎么来了？"她欢欢喜喜地抱着小幸揉了两下，小幸也激动地舔了好几下她的脸。

"啊，对了，这就是小幸……"桑兮兮这才想起宋一波，忙抱着小幸向他介绍，一扭头却发现宋一波离她好几米远，正在埋头收拾掉在地上的一片树叶。

宋一波脸上的笑容很勉强，朝小幸招了招手："小幸！"

小幸睁着圆溜溜的大眼睛望了望他，完全无动于衷。

桑兮兮揉搓了两把小幸的小脑袋，忽然想起来："你是怎么来的？"

小幸毫不客气地将意欲躲避的花清泽出卖了，它冲着花清泽的方向连叫数声，还扭动着身体要去追他。

"花清泽？"桑兮兮也不太敢确定那个站在阳光下身材颀长高大的男子就是那棵树。

花清泽被抓个现行，只得转过头来和桑兮兮打了个招呼："真是好巧啊，怎么会在这里遇见呢？"十里外都能听出他笑声里的尴尬。

桑兮兮久久地望着他，除了上一回在她面前现出人形外，她没有见过他的模样。她发现，花清泽比她记忆里的模样要好看，脸色略有些发白，虽然脑袋上扎着的那个丸子头让他显得有些怪异，但是一双明眸如星，含着两汪深水似的，一张薄唇微微扬起，笑起来的时候，让她有种错觉，仿佛周围的花都开了。

"你，你怎么来了？"桑兮兮没有发现自己的口吻都变柔软了。

"我……我来检查检查你的工作，看看你有没有好好做义工。"花清泽装模作样地向垃圾桶边走过去，顺手从里面拿出一张纸往旁边的可回收垃圾桶里一丢。

"你放错了。"桑兮兮将那张纸又拣了出来放在不可回收垃圾桶里。

花清泽打了个哈哈："今天天气不错，挺适合搞垃圾分类的。"

"这么巧，你也来这里做义工？"宋一波走到桑兮兮身旁。

桑兮兮望着花清泽，花清泽亦僵硬地笑着看她。两人目光交错，桑兮兮才勉强开口："算是吧。"

宋一波飞快地打量了花清泽一眼，伸出手绅士般笑道："欢迎你加入我们。"

花清泽并未伸手，只是拿眼睛看向小幸。小幸朝着宋一波跑去，宋一波立即一路往后出溜，退得飞快。

桑兮兮忙将小幸捞回，花清泽目光如炬，问宋一波道："你怕狗？"

宋一波一愣，连忙否认三连："我不是，我没有，你别瞎说。"

花清泽将小幸从桑兮兮的手中抱过来，向宋一波走去："小幸最乖了，它的毛像缎子一样柔滑，你要不要摸一下？"

宋一波看着花清泽，又看着他怀中乖巧的小幸，当机立断道："我先去另外一边清理，这边就交给你了。"说完也不等桑兮兮回答，径自跑得飞快。

花清泽笑弯了腰，桑兮兮将小幸夺回："你居然拿小幸当武器！"

花清泽笑眯眯地摇头："非也，非也，这不是为了帮你吗？"

"帮我？"桑兮兮大惑不解，"怎么会帮我呢？"

"这都不明白。"花清泽啧啧叹道，用语重心长的语气说，"你的男朋友不喜欢狗，以后小幸怎么办？"

"谁说宋一波是我的男朋友？"桑兮兮白了他一眼道，"他就是我的同事！"

花清泽拖长了音调："哦，原来如此，那就没关系了，对不对？小幸，你又安全了。"他揉了揉小幸的脑袋，又强调了一句，"小幸，这可是为了你哦！"

桑兮兮瞪了他一眼："我不会抛弃小幸的！"

花清泽赔着笑脸道："那就好，那就好。"为了转移话题，他拿起了夹子主动帮桑兮兮干活。

"慢着！放下那堆垃圾，让我来。"桑兮兮阻止了他。

花清泽不明所以，他拎着垃圾，看了看桑兮兮，又看了看四周，小声问道："这垃圾里面有什么宝贝吗？"

桑兮兮哭笑不得："你把分类搞错了啊！我还要重新再分一遍！"

花清泽愣在那里，像个做错事的小学生一样，不知该把垃圾往哪里放。桑兮兮叹了口气："你到底有没有认真学过垃圾分类？你考试及格了吗？"

花清泽弱弱地说道："我，我还没来得及考……"

桑兮兮指挥着他将所有垃圾依次放到不同的垃圾桶里，开始对他进行垃圾分类教育。花清泽很好学，很快就明白了。他很狗腿地帮着桑兮兮跑前跑后，拾取垃圾，分类处理，忙得不亦乐乎。

桑兮兮看他跑前跑后，嘴角不由得微微扬起了笑意，这个家伙有时候并没有那么讨厌嘛。

♥

第五章

魔法

Congtian er jiang
Nixinshang

"你好，你是要丢垃圾吗？"有了花清泽的帮忙，桑兮兮的工作轻松了许多，她开始主动帮助那些分不清楚垃圾分类的人，做起了义务宣讲员。

　　"我有一些垃圾，能请你帮我回收一下吗？"一名游客突然上前来问道。

　　桑兮兮连忙答应："好的，在哪里？"

　　游客指着不远处的一堆垃圾说："那里！"

　　桑兮兮看傻了眼，那分明是一座小山，堆得老高："这也太多了吧。"

　　"你不是垃圾处理站的吗？这点东西是小事吧。"那名游客丢下这句话后，迅速地开溜，很快消失在人群里。

　　桑兮兮连叫了他两声，他跑得更快了。她只得认栽，上前来处理垃圾。

　　走到垃圾面前，桑兮兮几乎晕了过去，这根本不是来玩的时候产生的正常垃圾，分明是将家里的垃圾打包丢在了这里。所有的垃圾都没有分类，除了各种塑料包装之类，还有放了很久的厨余垃圾、厕所垃圾，气味难闻。

　　她叹了口气，看着远去的人影，只得认命地戴上口罩，开始分拣。

　　花清泽将刚整理好的垃圾放好，满意地拍了拍手。他觉得这里的人真是太友善了，特别是那些女孩子，根本不需要他去动手捡垃圾，她们会主动上前来问他该丢到哪个垃圾桶，有的还会帮他一起捡垃圾。

这个世界真美好啊！

花清泽左看右看发现桑兮兮不见了，连忙问小幸："你主人呢？"

小幸茫然地望着他，他又对它说道："你主人，桑兮兮呢？"

小幸这才领悟，朝着桑兮兮的方向叫了几声，花清泽这才在一座垃圾山后面发现了苦命的桑兮兮。

她像一个苦情剧的女主、童话里面的灰姑娘，在一堆垃圾后面苦苦挣扎，面前的垃圾堆积如山，怎么也清理不完。

花清泽走到桑兮兮面前，看了一眼桑兮兮，干咳了一声。

桑兮兮疲惫得不想抬头，花清泽清了清嗓子说："你知道每当这种时候，就会发生什么事吗？"

"什么事？"桑兮兮头也不抬，敷衍地问道。

"灰姑娘被继母和两个姐姐压迫得工作做不完的时候，仙女教母就出现了，你没听过吗？"花清泽怀疑地道。

桑兮兮抬起头，苦着脸问道："仙女教母在哪里呢？"

"在这里啊。"花清泽很潇洒地弹了一下手指，"等着看魔法吧。"

桑兮兮很怀疑地看着花清泽这个"教母"，随着花清泽的动作，一旁的树丛下面迅速生出无数碧绿的藤蔓，柔软的藤蔓分别卷起不同的垃圾，往垃圾桶边送。它们像长了眼睛一样，准确地将这些垃圾分别投向不同的垃圾桶里。

桑兮兮觉得眼前这场景很梦幻，像电影里那样，甚至自带了光效，可是又说不出来哪里有点奇怪。电影里这种场景都是充满了甜美的幻想，可是它们却拖着一个个垃圾前进……画风有点不对啊……

小幸高兴极了，跟着藤蔓来回奔跑。

虽然画风不对，但是大大减轻了桑兮兮的负担。她看花清泽的眼神都自带滤镜，总觉得他浑身上下发着光。

桑兮兮陡然觉得不对劲，她揉了揉眼睛，仔细一看，花清泽居然真的全身散发出一层薄薄的金光。好在这附近偏僻，没有人来往，否则他就马上要成为网红了。

在最后一个易拉罐被准确地放入了垃圾桶里面后，花清泽笑眯眯地对桑兮兮说："怎么样，对'仙女教母'还满意吗？"

桑兮兮正要夸奖他两句，突然看见他直直地往地上倒去。她吓了一跳，急忙冲过去，却见花清泽在摔在地上的前一刻又变成了绿植跌落在地。

桑兮兮捡起绿植一看，只见枝叶半萎，看起来状况很不好，她连声呼唤："花清泽，花清泽，你怎么样了？"

半晌后，绿植里面传来沉闷的声音："我没事，就是超能力用得有点多，有点累……"最后几个字说得含混不清，叶子的边缘也泛起了黄色。

桑兮兮试着给绿植浇了点水，又找来一个被人丢弃的大瓷罐，挖了土将小树种了进去，又叫了几声。花清泽始终没有出现，但是叶子边缘没有那么黄了。

桑兮兮与宋一波告别后，艰难地抱起大瓷罐，牵着小幸回家。瓷罐足有一尺高，加上泥土更重。但是她找不到别的替代品，只得咬牙抱着瓷罐艰难地往家走。

太阳从云层后面冒了出来，骄阳胜火，灼烧地面，整个城市像是一块大铁板，反复制造铁板烧。稀薄的绿植被热烈的阳光烤得萎靡不振，一个个像战败的英雄垂头丧气。

桑兮兮抱着瓷罐，在楼宇之间的阴影下艰难穿梭。所有人都和她一样，试图找寻一小片阴凉，抵御狠毒的阳光，因此楼宇下的阴影变得格外拥挤。

小幸跟着桑兮兮在人群里挤来挤去，被挤得害怕地趴在地上不肯再走。桑兮兮无奈，只得将小幸也一起抱在怀中，艰难地往前挪。

就在她汗流如瀑，感觉自己快要崩溃的时候，忽然小幸叫了两声，在她怀中挣扎了起来。

桑兮兮放下了瓷罐，正要和小幸说话，就看到太阳下站着一个人。那个人穿着蓝色的衬衫、卡其色的短裤，戴着一顶深蓝色的渔夫帽，竟然是郁哲。

郁哲转了个标准的九十度弯，默默地走到桑兮兮面前，将瓷罐抱了起来，然后又转了个九十度弯，继续往前走。

桑兮兮愣了愣，知道郁哲是在帮自己，急忙跟了上去："谢谢。"

郁哲没说话，只是摇了摇头。阳光灼热，他抱着瓷罐前行，却丝毫没有躲避的意思，迈着坚定有力的步伐，在沿途的白线上留下整齐的步伐。

桑兮兮在屋檐下和郁哲并排行走，谁也不说话，只是默默向前。

"天气太热了，到这里面走吧。"桑兮兮见他脸上大滴的汗水滚落，沁湿了衣裳，忍不住开口。

郁哲还是摇摇头，惜字如金地吐出两个字："不用。"

"我有个问题，"桑兮兮按捺不住好奇心，"你为什么一定要沿线走路？"

郁哲像被人揭开了秘密，又像是妖怪被人揭穿了身份，吓得浑身一抖，差点摔落了瓷罐。他紧张兮兮地看了一眼桑兮兮，心虚地小声否认："没有啊。"

桑兮兮见他反应激烈，有点后悔自己提出的问题，连忙解释："我不是故意打探你的隐私，你也不用必须回答。"

郁哲眼神复杂地看了桑兮兮一眼，半晌后，淡淡地吐出几个字："我有强迫症，不沿线走不了路。"

"那没线的地方怎么办？"桑兮兮问完后立即捂住了自己的嘴，怎么总是管不住自己的嘴？

郁哲却回答了她："我会在心里画线。"

"那，那你也可以在屋檐下面走的时候，在心里画线啊。"桑兮兮劝说他，"阳光太毒辣了，你会中暑的。"

郁哲瞄了一眼阴影下面，此时大多数人都进了商场，路面很空，的确可以在心里画一条直线。他想了想，转了个直角，终于走到阴影下面，顿时觉得阴凉了许多。中途改道，对于他来说是件很不容易的事，他的心情有点紧张。

桑兮兮在一旁不停地鼓励他："你看，这和那边没什么区别的。"

郁哲心不在焉地点点头，深吸了一口气，开始迈步。他走得并不坚定，每踩下一步都很慢，像是发动不太灵光的汽车引擎，非常缓慢。渐渐地，他的发动机终于运行顺畅，两只脚可以迅速而顺利地沿着他内心的线行走。

桑兮兮恨不得为他鼓掌："没那么难吧！"

郁哲只是微微点了点头，他的动作幅度极小，桑兮兮没看见他的动作，只是高高兴兴地在旁边说了几句无关痛痒的话。

郁哲依然一声不吭，桑兮兮觉得有些尴尬，便没有继续说话，只是默默地走在一旁。

两人沉默地走了一段路后，郁哲突然开口说："你为什么不说话了？"

桑兮兮一愣："不是你不想说话吗？"

郁哲动了动嘴皮，挤出一句话来："我不喜欢说话，不过，你可以说话。"

桑兮兮愣住了，这是什么意思？让她一个人自说自话吗？她也不是相声演员，不能随时都可以来一段单口相声。

"我，我该说点啥？"桑兮兮琢磨了半天，还是决定征求郁哲的意见。

"随便。"郁哲的答复依然简单不具备任何建设性。

桑兮兮犯了愁，随便说什么？那随便到底是什么？像英国人一样聊聊天气？那样的话也需要两个人对话，总不能她自问自答吧。

"今天天气真热啊！啊，是啊，是啊。哈哈哈哈。"一想到那个场景，她觉得"尴尬癌"要犯了。

那问问狗子的事？桑兮兮觉得这是个好话题，郁哲肯定愿意听。

桑兮兮清了清嗓子，开始说起小幸的事。这果然是个好话题，郁哲那张严肃的脸慢慢变得柔和，神情里竟然还带着几分笑意。除了一言不发，他完全是个完美听众。

桑兮兮说得口干舌燥，拿出随身携带的杯子喝了点水，绞尽脑汁地继续回忆小幸的糗事。天气实在太热了，热得她脑袋晕乎乎的，许多事都变得模模糊糊，非常不确定。

已经是下午五点，然而太阳一点也没有褪去的意思，反而越发热情地加大火力。汗水浸透了郁哲的前胸后背，桑兮兮问道："你要不要喝水？"

郁哲舔了舔嘴唇，点了点头，然后放下了瓷罐，转弯走向最近的自动售卖机。

桑兮兮连忙抱起瓷罐跟在他身后追去："我请你喝水。"说着抢先买了单。

郁哲接过矿泉水，一口气灌了个干净。

桑兮兮拿出了折叠碗倒了一碗水给小幸，又担忧地看向瓷罐。树叶依然卷曲打蔫，她想了想又往瓷罐里面倒了点水。

"不能浇。"郁哲开口。

"什么？"桑兮兮不解地问。

"现在不能浇水。"郁哲耐着性子指着瓷罐里的泥土，"里面已经有很多水了，现在天气这么热，瓷罐的温度会上升，里面的水会变成热水，把植物的根烫死。"

桑兮兮一听吓了一跳，急忙扒开瓷罐里的土，将绿植从中挖了出来，口中碎碎念道："花清泽，你可千万不能死啊！"

树根果然有点烫，不过并不是很严重，桑兮兮松了口气。她小心翼翼地用手帕将树根包好，放进贴身的包里："这样应该可以了吧。"

郁哲并没有被桑兮兮这一系列古怪的行为所震撼，只是托着下巴思考，这瓷罐该怎么办？

桑兮兮也觉得很对不起郁哲，让他抱着那么重的瓷罐走了这么长的一段路。

"我带回家吧。"郁哲像是猜到她的纠结。

"嗯？"桑兮兮不解地看着他。

"这个做个大水碗给狗子们喝水挺好。"郁哲说。

桑兮兮望着那个足有脸盆大的瓷罐，充满了怀疑："你不会觉得太大了点吗？"

郁哲非常笃定："刚好，它们都爱喝水。"

"那把泥土倒了吧。"桑兮兮急忙在四周寻找合适倾倒泥土的地方，泥土不是普通垃圾，不能随便倾倒进垃圾桶里。郁哲略略思考了下说："土我也带回去。"

"啊？"桑兮兮很吃惊，"狗子们不吃土吧。"

"我可以种棵树。"郁哲轻描淡写地说。

桑兮兮不觉得郁哲是个喜欢种树的人，尤其是从小幸的爱好来看，狗子们对树似乎有特殊的偏好，她很难想象他家的树可以顺利长大。

"这棵是什么树？"郁哲又问道。

桑兮兮一怔，方才明白郁哲问的是花清泽，她有点为难："这个我也不知道，就在路边捡的。"

"哦。"郁哲点点头，"挺好。"

两人歇息了一阵，继续扛着瓷罐吭哧吭哧地往家走，他们很快走到了分岔路。桑兮兮的家在西面的小区里，而郁哲住在东边的胡同里。

"我先走了，谢谢你。"桑兮兮对郁哲感激地说道。

郁哲的脸被太阳晒得通红，他默默地抱着瓷罐还是没说话，只是略略向桑兮兮点了点头。

桑兮兮牵着小幸朝着西面走去，郁哲没有转弯，他只是看着她的背影。金色的晚霞晕染天际，大朵的云彩浮在半空中，像一块巨大而精致的浮雕。最后一抹夕阳将她和小幸的身影勾勒出来，她就像一幅精美绝伦的油画，深深刻入眼帘，刻入心里。

就在郁哲静静地欣赏这幅油画的时候，忽然有人破坏了这幅画。他看见一个男人朝着桑兮兮挥动着胳膊，口中吐着脏字，威胁的声音远远地传过来。

郁哲的脑子里面一热，朝那边冲了过去，他一把抓住了男人的手腕，拖着对方离桑兮兮一米远。

男人被郁哲突袭，一时没反应过来，等他反应过来，揪住郁哲的领口挥起了拳头，却被郁哲挡住。男人正要骂娘，就看到郁哲的脸。

郁哲的脸色透着一股冷意，锐利的双眼让人不禁胆寒，男人心头一惊，拳头也软了，很快就被郁哲制服。

桑兮兮吓了一大跳，她本来以为自己会被男人打，没想到郁哲会突然出现。她生怕两人在街头打架，连忙上前来劝架："建设和谐社会，好好说话，不要打架！"

郁哲看了一眼桑兮兮，松开了男人，男人急忙开溜。

桑兮兮向郁哲解释了下刚才发生的事,她看到那个男人在街头抽烟，还将烟头乱扔，一时正义感爆棚，就劝阻对方。

没想到那男人没有一点羞愧之意，大庭广众之下还如此凶悍。

郁哲听完了桑兮兮的话，又追向那个男人，一把抓住他的胳膊："捡起来。"

"什么？"男人畏惧地看着郁哲。

"烟头。"郁哲的眼神依然锐利。

男人的脸色很难看，嘴巴抽搐了好几回，还是乖乖地走了回去，将那个烟头捡起来，正要随手丢到路边的垃圾桶里，就听到郁哲说："不能扔那里。"

男人只得将烟头塞进口袋里，一溜小跑，生怕郁哲再抓住他。

"你真的好厉害啊！"桑兮兮惊叹不已，"谢谢你救了我。"

郁哲的脸红红的，他看了一眼桑兮兮明亮的双眼，里面像是有夕阳落进去了，又飞快地挪开了眼睛："不要随便招惹他们。"想了想又补了一句，"我在的时候可以。"

桑兮兮连连点头："我保证。"

郁哲点了点头，突然想起了什么似的，朝东面转了个直角，然后沿着线继续往前走："再见。"

桑兮兮看着他的动作错愕不已，半晌她看着郁哲的背影笑了起来。

回到家里后，桑兮兮忙将花清泽重新种回花盆里。确认花清泽状态好多了后，桑兮兮这才放下心来。

累了一整天，她刚洗浴完毕，正要吹头发就听到手机响。

是郁哲打来的，这倒是很稀奇，他们两个人互相加了对方的微信和电话后，到现在连一条短信都没有互相发过。

郁哲在电话那头倒是干脆利落："能不能帮个忙？"

"你说吧。"桑兮兮答应得也干脆利落。

"帮我找个领养人。"郁哲在电话里讲述了他们分开后发生的事。

郁哲抱着瓷罐沿着路上的白线往自己家中走，突然间一个小小的身影闯入了他的眼帘。那是一只脏污发黄的小土狗，长着一双乌漆漆的大眼睛。它眼神哀伤地抬头看了郁哲一眼，将瘦小的身体往垃圾桶后面缩了缩。

郁哲的心顿时化成了一摊水，就在他要放下瓷罐上前招呼那只小狗的时候，最后一线理智拉住了他。他故意皱起眉头，做出凶恶的表情瞪了小狗一眼。

小狗被他的眼神吓到，又往后缩了缩，夹起尾巴，贴在了地上。

郁哲看得心酸，强装的凶悍坚持不下去，换了一副温柔的面孔。可是一想到家中嗷嗷待哺的那些嘴，他又不得不硬起心肠。可是它那么小，那么柔弱，如果留在这里恐怕会饿死。

他站在原地天人交战，一会儿变出狰狞的表情，一会儿露出温柔的神色，一张脸忙得抽筋也没做出决定。

这时，小狗伸出头闻了闻，慢慢站起身，胆怯地向他走了一步，看着他犹豫不定的脸色也犹豫不定地前进后退。

一人一狗在路上僵持，夕阳照在他们的身上，映出一个奇怪的影子，好像一人一狗对决街头。

郁哲放下了瓷罐，狠狠地揉了把脸，准备掏出狗粮喂了它之后就离开。他刚要翻包，就听到小狗发出一声呜咽。他抬头一看，只觉得一阵风从面前吹过，一辆摩托车飞快地从他身边擦过。

他低头一看，只见小狗被撞得老远。它吓坏了，一骨碌翻起身瘸着腿就跑。它慌不择路，奔到了马路中间。车流滚滚，小狗就在车流中跌跌撞撞，夹着尾巴乱窜。

郁哲的心都提到嗓子眼，他顾不了许多，朝着小狗追去，在它差点被车轱辘碾压之前捉住了它。它惧怕地伏在地上，身体僵硬，连叫都不敢叫。

郁哲将它抱到了路边，轻声安抚它，给它喂狗粮。小狗闻着他身上的气味，慢慢地安下了心，低头在他的掌心里吃完了狗粮。

"后来呢？"桑兮兮忍不住问道。

"后来，它就跟我走了。"郁哲的话里带着一种认命的语调。

桑兮兮沉默了片刻："你家是不是有八只狗了？"

郁哲对着电话点了点头，桑兮兮没听到声音，又问："我记错了吗？"

郁哲愣了愣："我不是点头了吗？"

桑兮兮也愣了一下："对不起啊，我没看见。"

两人同时沉默了，都觉得有些不对。嗯……

"那个，我想请你帮忙找个领养人。"郁哲决定转移这个丢人的话题。

"好的，你拍张小狗的照片发给我，我立即帮你。"桑兮兮答得飞快。

郁哲很快就发来了照片，桑兮兮望着那张照片好久，也没有确认这真是一只狗。照片里面的小狗只是一个模糊的影子，连脸都没有。

桑兮兮斟酌再三问道："还有其他照片吗？"

郁哲回消息问道："这照片有什么问题吗？"

桑兮兮沉默了良久，拍了一张小幸的照片发过去："能拍一张这样的吗？"

郁哲没立即回消息，过了很久后，发了一张黑乎乎的照片。照片里面小狗在黑暗里，两只眼睛像氪金一样，闪着绿光，没有丝毫可爱的感觉。

桑兮兮翻了翻郁哲的朋友圈，她终于明白为什么郁哲一个领养人都找不到的原因了。没有一张狗子拥有过正脸的照片，有的只是半个身体，有的是一团模糊的黑影，还有些不是背影，就是屁股。

桑兮兮思量再三，不知该怎么对郁哲说才好。倒是郁哲先打破了沉闷，他又发了条消息问："为什么我拍不出和你一样的照片？"

桑兮兮立即在线指导，发挥平生所学，教郁哲拍照。很快就有了成果，半个小时后，郁哲发过来一串狗子面容狰狞的大头照，没有一张是清晰的。

桑兮兮感到自己的教学生涯才开始就遭到了重创，她终于意识到一个问题，在拍照这件事上，郁哲的天赋是零。

她当机立断做出决定："我明天过去帮你拍吧。"

郁哲立即表示同意，他举着那部破手机很久了，实在是不能理解什么是光影，什么是构图。

他看着自己拍的照片自言自语道："这不都拍得挺好的吗？"还将照片给狗子们看，"你们觉得呢？"

狗子们嫌弃地白了他一眼，自顾自地玩起来。

第二天一大清早，桑兮兮先检查了花清泽的状态，他还是没有说话，闷在花盆里一声不吭。她决定将花清泽留在家中，对他说："你今天别乱跑了，好好待在家里，我出去一趟，很快就会回来的。"

花清泽没有回话，也没有摇动树叶。桑兮兮默认他听懂了，便带着小幸走出家门。

郁哲的家在一条老旧的胡同里，狭窄破旧的老胡同和附近的高楼形成了鲜明的对比。这里的时光变得慢悠悠的，没有了匆忙的脚步，也没有穿着正装赶着上班的人。

自胡同口开始，每家每户门口都种着槐树。这些槐树都有些年月了，树枝层层交错，形成了绿色的拱门，将胡同当中的青砖路盖得密密实实，整条胡同都变得阴凉起来。

房子是老旧的样式，都是上了年月的古旧。远处传来有人在吊嗓子的悠长声音，院墙上长着一层薄薄的青苔，透着勃勃生机，新的生命与老的生命彼此交错，和谐共生。

郁哲家很好找，在那一排旧房子里面，最旧的那一户就是他家。他家的院子里也潦草地长着一棵歪歪斜斜的树，铺满石板的院子空空荡荡，只沿着墙根摆了一排大小不一的碗，是给狗子们用的。

桑兮兮刚走到院门口，郁哲就知道了，他一边安抚激动不已的狗子们，一边给她开门。

桑兮兮抱着小幸走了进去，七八只狗立即将她团团围住，好奇地嗅闻她手里的小幸，热情地甩起了尾巴。

桑兮兮同时被这么多狗包围，有点恐惧。

郁哲上前将群狗拉开，训斥它们道："都有没有规矩了？都放老实点！谁要是干坏事就没有肉干吃！"

威胁之下，群狗都变得老实起来，它们饶有兴致地围着小幸转。小幸很高兴和同类一起玩耍，很快就和它们混成了一片。

郁哲将昨天捡到的小狗抱了过来："它胆子很小，有点怕人。"

桑兮兮看到那个软萌萌的小可怜，立即伸手摸摸它的小脑袋，拿出事先准备好的零食投喂。

没有一只狗不会被肉干收买，如果没有被收买，那就继续投喂肉干。

十五分钟后，桑兮兮成功地俘获了所有狗的心。

郁哲很高兴，他看着桑兮兮温柔地逗狗子们玩耍，嘴角不自觉地浮起了一抹笑意。直到他看见一只狗子咬住了一只拖鞋正在努力甩头。

郁哲连忙狗嘴夺鞋，抢救下这宝贵的拖鞋，训斥了它两句。狗子一听训斥立即躺倒在地露出肚皮撒娇，郁哲佯装凶狠，但是语气已经不那么坚定。

"郁哲，你为什么那么喜欢狗？"桑兮兮一边拍摄狗的照片，一边问道。

郁哲沉默了片刻，顺手撸了撸向他撒娇的狗头，半晌后说："它们很简单。"

桑兮兮一愣："嗯？"

郁哲笑了笑，神情里有些沧桑的意味："我从小几乎是狗带大的，父母去世得早，我跟着外公外婆生活。他们两个人年纪大了，也顾不上我，家里就一只狗陪着我。它叫大黄，我走到哪里，它便跟到哪里。所以别的孩子也不敢欺负我。有天晚上外公外婆出去了，我一个人在家里，突然停电了，我一个人在黑暗里坐着很害怕，大黄就坐在我身旁陪着我，我就不那么害怕了，我抱着它睡着了。后来有人来敲门，我就揉着眼睛去开门，大黄却突然叫起来，拦着我不让开门。我不知道为什么，门外的人对我说，他是外公的朋友张叔叔，他平时也常常来我们家的，可是大黄那天晚上就是不让他进门，张叔叔站了好一阵子后还是离开了。"

"为什么？"桑兮兮好奇地问。

郁哲的笑容消失了："我当时也不知道，直到第二天听说了一个消息——张叔叔杀人了。他那天晚上杀了人，本来想一不做二不休，顺便把我们家也洗劫了，可是因为大黄，他进不来。"

桑兮兮不由得打了个寒噤，她没想到郁哲曾经经历过这么恐怖的事。

"是大黄救了我，它那天晚上应该闻到了张叔叔身上的杀气。"郁哲淡淡地说道，"狗子可以分辨得出谁是好人，谁是坏人。给它们一顿饭，它们会记得你一辈子。人就不一样了，张叔叔之前常到我家吃饭，可是他却想着洗劫我们。"

桑兮兮沉默了片刻说："这世上还是有很多好人的。"

"或许吧。"郁哲又摸了一把狗头，脸上有了笑意，那张过于严肃的脸也变得柔和起来。他摸了一把袋子，里面的狗粮已经空了，他转身往厨房里走去。

厨房还是老式的灶台，里面有一口大铁锅。郁哲熟练地掀开大锅灶，劈柴点火烧灶做饭。桑兮兮看他做这么大的一锅，不由得吓了一跳："这么多？"

郁哲点点头，有些惆怅地看着院子外面的狗，养活这七八张嘴不容易啊。

桑兮兮看了眼外面欢蹦乱跳的狗子们，顿时理解了郁哲。她想了想问道："我帮你给它们都找个领养人吧？"

郁哲却摇摇头："算了，它们也活不了多少年。"

"给它们都找个主人的话，你也会轻松些，它们也可以过得更好。"桑兮兮劝说他道。

郁哲吐了一口气，靠在墙边说："它们都不是名犬，很难找到合适的领养人。跟着我虽然苦点，但是它们不会受罪。"

他指了一下小狗说："它还小，给它找找试试吧。"

郁哲很快给狗子们做好了一锅狗粮，等放凉了后，挨个分到狗碗里。

桑兮兮见他忙忙碌碌，也想上前帮忙。她进屋子看了一圈，发现真是家徒四壁，东西少得可怜，仅有的几样旧家具也被狗子们祸害得差不多了。地上铺着一些旧衣服，狗子们就睡在地上。

郁哲见她看向屋子里面，觉得有点害臊，期期艾艾地说不出话来。

"郁哲，我能帮狗子们做点东西吗？"桑兮兮问道。

郁哲一听说桑兮兮要给狗子们做东西，点头如捣蒜，高兴得直搓手。忽然又想起什么似的，他连忙对她说："不要太贵的东西……"

"放心吧，不花什么钱的。"桑兮兮笑眯眯地说。

桑兮兮拿出了多年积攒的功力，开始帮助狗子们做床。她将塑料瓶子一个个排列整齐粘紧，用废旧的木板做床架，很快做出了一张漂亮的狗床。她又挨个在每个塑料瓶里面灌上了水，对郁哲解释道："这样会凉快一点。"

她的手很巧，做起东西来驾轻就熟，一边哼着歌，一边手脚不停地忙碌，很快就做出了两张漂亮平整的狗床。为了让床舒适点，她又在上面铺上了用旧毛巾缝起来的毯子。

塑料瓶不够，她灵机一动，在轮胎下面缝了几块旧毛巾，又将旧衣服、旧毛巾等东西缝好垫进去，也可以算作一张新床。

狗子们对她做的东西相当好奇，一个个围着新床打转，有只胆子大的，已经先一步躺在铺着柔软毯子的新床上试睡了。

桑兮兮笑着问那只狗："你满意吗？"

那只狗歪着头看着她，过了一会儿伸过脑袋靠向她，温柔地蹭了两下，像是表示感谢。

桑兮兮很惊喜："它们真的听得懂！"

郁哲点点头："它们什么都明白。"

桑兮兮摸着小狗的脑袋笑着说："我明天就去攒瓶子，下个星期继续来给你们做，好不好？"

狗子们纷纷围了上来，温柔地舔舐她的手心。

郁哲看着自家的狗子们没有骨气地做桑兮兮的舔狗，丝毫没有生气的感觉。他的心里很高兴，很多年都没有这样为一个人感到这样高兴。

他不喜欢和人打交道，准确地说，是害怕和人打交道。

自从外公外婆相继离世后，他几乎不愿意和人再做深入的交往。他找了一份夜班的工作，也是为了少和别人说话。在外面的时候，他甚至为了不和人说话装作聋哑人。

除了狗，他在任何人面前都没有说过这么多话。

桑兮兮算不上美得惊心动魄，他也不是颜狗，可是她有温暖的笑容，像阳光一样照进他宛如死水的心，一丝丝一点点的涟漪，却慢慢变大，越来越大。

郁哲邀请桑兮兮一起吃晚饭，桑兮兮欣然答应。两个人坐在院子里吹着风吃着简单的晚饭，夜空里，一轮月牙悄悄升上了柳梢。

灯火照在郁哲的脸上，他的眼角眉梢里都是掩饰不住的笑意，沉郁和冷漠一扫而空，仿佛回到了年少时光。

♥

第六章

遇见你，是我的幸运

Congtian er jiang
Nianshang

桑兮兮打开家门的时候，就听到一个幽怨的声音传来："你还知道回来？"

桑兮兮一愣，只见屋子里的灯亮了，花清泽气恼地站在她面前，双臂抱胸生气地说道："你不是说很快就回来？你是早上七点出的门，现在是晚上八点，整整十三个小时，这是很快吗？你有点时间观念吗？"

花清泽像个怨妇似的足足数落了她十分钟，不断拔高她迟归的种种错误。

桑兮兮自知理亏，也不敢多解释，只是悄悄放下小幸。

小幸立即朝着花清泽扑去，花清泽急忙抱住它："你在哪里弄得这么脏？别乱踩，我先带你去洗澡。"说着拎着小幸先进了卫生间。

桑兮兮这才进了客厅，她发现整个家里被打扫得纤尘不染，连植物都更绿了。她几乎可以想象，等得无聊的花清泽在家中释放超能力，将家里打扫干净。

她走到卫生间里一看，只见花清泽正在和小幸斗争。小幸不肯洗澡，花清泽一边絮絮叨叨地教训它，一边给它淋浴。

"狗不能用人用的沐浴露。"桑兮兮提醒他。

"我又没那么傻。"花清泽的语气并不友善，显然气还没全消。他用布满泡沫的手指了一下搁在浴池边的一个玻璃瓶子，"我用的这个。"

桑兮兮拿过瓶子，上面连个标签都没有："这是什么？"

"宠物沐浴露。"花清泽一边说，一边揉搓小幸，"我做的。"

"你做的？"桑兮兮听傻了，"你会做宠物沐浴露？"

"这有什么奇怪的？我会做的东西多了，沐浴露、洗碗液、肥皂……"花清泽随口罗列了一大堆东西。

"你是怎么做的？可以教我吗？"桑兮兮顿时来了兴趣。

花清泽用奇怪的眼神看了桑兮兮一眼："我教你也没用，你做不了。"

"怎么会？你教了我，我就会做。"桑兮兮立即说，"我不是手残党。"

花清泽不理她，只是继续给小幸淋浴擦干，用电风吹吹干毛发。

桑兮兮对花清泽怎么做沐浴露很感兴趣，一直追问花清泽。花清泽不回答她，她就去网上搜索，一边搜索，一边向他确认。

花清泽一边逗小幸玩耍，一边否定她所有翻找出来的办法。

桑兮兮只得投降："你不会是用你的超能力做的吧？"

花清泽意味深长地看了桑兮兮一眼，桑兮兮这才死心，当真是用超能力做的，她又按捺不住好奇心问道："你能展示给我看看吗？"

花清泽瞅着她期待的眼神，终于还是投降："去拿个空瓶子来。"

桑兮兮立即从沙发上一蹦而起，拿过早就准备好的玻璃瓶恭恭敬敬地托在手心里："'花侠'，请你大显神通吧！"

花清泽的嘴角浮起一丝笑容，旋即又消失了。他故作高深地拿过瓶子，问道："你想要什么味道的？"

"柠檬吧？啊，不，要茉莉好了。薰衣草的味道也不错，好纠结啊。"桑兮兮选择困难症发作。

花清泽微微摇了摇头，举起右手做了个手势，很快自他的身后凭空出现了一棵柠檬树，柠檬树上结满了黄色的果子。花清泽摘下果子放到瓶口，随着他的指尖发出的光芒，那柠檬慢慢变成了液体，流入了瓶中。

桑兮兮眼睛都不眨地看着这个魔法，震惊得无以复加。

"试试吧。"花清泽将瓶子递给她。

桑兮兮有点怀疑地看着瓶子里面的液体："这真的是沐浴露吗？"

"比那个好，这些是精油。"花清泽答，"不是化工产品，都是纯天然的精油。"

桑兮兮试了试，果然香味柔和，沾在指尖也很柔滑："你简直就是个魔法师。"

花清泽看桑兮兮很满意，也露出了笑容。片刻后，他急忙将笑容收起，又做出严肃的表情："这都算不上什么。"

"哎哟。"桑兮兮忽然放下了瓶子捂住了手。

花清泽唬得一跳，忙上前问："怎么了，东西有问题吗？不能啊，我做过很多回的。"

"没事，是我的手今天受伤了，刚刚碰到了有点痛。"桑兮兮忙摇摇手。

花清泽定睛一看，只见桑兮兮的手指上面有个老大的口子，此外还有些细细碎碎的伤口。

"疼吗？"花清泽轻轻地吹了吹伤口。

“没事，小伤口而已。”桑兮兮相当汉子地答。

花清泽白了她一眼，两手虚空翻转，像揉捏一个不存在的球，很快掌心里出现了一团绿色的膏体。

“这是什么？”桑兮兮眼睛一眨不眨地望着他的手心。

“用植物做的药膏，治疗伤口很好的。”花清泽捉过她的手，将药膏仔仔细细地涂抹在她的每一处伤口。

他涂得很用心，紧紧拉着桑兮兮的手不放，口中还不停念叨：“这么大的人了，也不知道照顾自己，这是从哪里弄的？怎么会有这么多伤？”

桑兮兮没有回答，只是看着花清泽捉着她的手，温柔又耐心地涂抹，她的心突然猛烈地跳了几下。

“好了。”花清泽没有察觉到桑兮兮的变化，只是絮絮叨叨地叮嘱她，“明天也要继续涂，否则伤口会发炎的。”

桑兮兮收回了手，对花清泽笑了笑，没有反驳他的话。

花清泽看她不说话，又问：“你怎么了？还有伤口吗？”

桑兮兮连连摇头：“没事，有点累了。”

花清泽又问：“你吃饭了吗？”

桑兮兮胡乱地点头道：“吃过了。”

花清泽似乎有点失望，他笑了笑说：“吃过就好，早点休息吧，明天又要去工作了。”

桑兮兮觉得他的笑容有些失落：“怎么了？放心吧，明天我还会带你一起去工作的。”

花清泽笑了笑点点头："好。"

桑兮兮想了想又问："昨天你突然之间晕倒是因为你使用超能力过度吗？"

花清泽犹豫了片刻，还是承认了："我没有完全恢复好，所以才会那样。"他为自己昨天突然倒地不醒感到脸红。

"如果你不使用超能力的话，能保持这种形态很长时间吗？"桑兮兮指了指他。

花清泽点了点头："目前以我的恢复情况来看，大概最多能保持五个小时吧。但是如果使用了超能力的话，我的体力会消耗得很快。"

桑兮兮心中一动："那天晚上你让那些树都变大的时候，也消耗了很多体力吧？"

花清泽打了个哈欠，含混地点点头。他松开小幸，缓缓地靠在沙发上睡着了。

桑兮兮一愣，没想到花清泽这么快就睡着了。她凑到跟前一看，只见他颀长的身体蜷缩在沙发上，光着两只脚，一只胳膊枕在头下面，狭长的睫毛微微抖动，薄唇紧闭，像个安静睡着的大男孩。

桑兮兮拿过一床薄毯，轻轻地覆盖在他的身上，关上客厅的灯，抱起小幸悄悄地走进房间里。

这一夜桑兮兮睡得很不好，在床上翻来覆去都找不到一个适合睡觉的姿势。

脑海里总是浮现花清泽的身影：他使出超能力时帅气的模样，他给她涂药时的温柔眼神，甚至他念念叨叨时的神情。她爬起来好几回，想要走到客厅去，走到房门边又觉得自己疯了，手在门把手上来来回回地抬起落下。

小幸坐在窝里歪着头看她，起初还会跳起来跟着她一起走到门边，后来见她一直不开门，也就懒得动弹，趴在窝里看着她犯傻。

桑兮兮蹲在小幸面前摸着它的头问道："我是不是真的很傻？"

小幸伸了个懒腰，换个姿势趴在窝里，眯着眼睛享受她的抚摸。

"小幸，你觉得花清泽人怎么样？"桑兮兮又问道。

小幸打了个哈欠，闭上了眼睛。

桑兮兮熬了半夜，还是决定去客厅倒杯水喝。这个理由很充分，她觉得心理建设得差不多了，终于打开了房间门。小幸跳出了窝，跟着她一起往客厅走，跑得比她还快。

桑兮兮吓了一跳，连忙追了过去，只见小幸直奔沙发而去，她的心跳略略一滞，只见沙发上只剩下一床薄毯，花清泽不见了。

她连忙朝花盆看去，花盆里面也是空的，她大吃一惊，花清泽怎么不见了？

就在桑兮兮着急的时候，小幸冲到了沙发上面，在毯子上刨了起来，就听到毯子里面传来花清泽的声音："哎哟，哎哟！"

桑兮兮连忙拉开小幸掀开毯子，只见花清泽又变回了树，盖在毯子下面。她又惊又喜，将树捧了起来："我还以为你走了呢。"

"啊？"花清泽打了个哈欠，"我去哪里？"

"没什么，你要去花盆里，还是继续待在沙发上？"桑兮兮问道。

花清泽想了想说："还是沙发吧，站着睡觉不舒服。"

桑兮兮又重新将他放回在沙发上，特意在下面垫了个很小的枕头，然后抱着小幸往房间走。

"谢谢你。"花清泽在她的身后说，"能遇见你，是我的幸运。"

桑兮兮一怔，回头看时，枕头上面那棵树，散发着绿莹莹的光芒。

第二天清早，桑兮兮顶着两个熊猫眼去上班。她昨天夜里几乎没有睡，直到快天亮的时候才勉强眯了一会儿，现在她困得要死，一只手吊在地铁的扶手上，几次差点跌倒。

花清泽看她如此困倦，只得偷偷地释放出茶叶的香味给她醒神，总算让她清醒无恙地到达了公司。

周一的早上照例是假期综合征的高发期，许多人都是身体在公司，灵魂在他处游荡。有了花清泽的帮助，桑兮兮不但没有犯困睡觉，反而神采奕奕，做事效率格外高。

上午的工作很快完成，桑兮兮想起之前答应郁哲的事，便趁着午休的时间向同事们推销起小狗。

一张张可爱的照片飞快地在同事间传播开，小狗的萌态立即治愈深感疲惫的办公室众人，很快就有好几个人争着要做小狗主人，纷纷恳求起桑兮兮。

一时间，桑兮兮成了办公室里炙手可热的人物，薯片、牛奶、糖果、饼干、话梅、奶茶很快堆满了她的办公桌；一向高冷的 Allen，面对她居然有了笑脸；隔壁桌的小王更是对她笑脸相加；从来没和她说过一句话的张经理居然主动找她说话，还找了个理由表扬了她写的某篇文稿，赞赏她在环保方面的所作所为。

桑兮兮从未感受过同事如此可爱友好，整个公司仿佛都散发着光，工作起来也更加有干劲了。

"花清泽，我们公司是不是超好？"桑兮兮拨动着花清泽的叶子喜滋滋地问，"大家都超级有爱心的！"

花清泽抖了抖树叶表示赞同，桑兮兮正要和他继续说话，忽然身旁出现了一个人影，居然是宋一波。

宋一波神色严肃，一对剑眉拧成一团，两只眼睛直勾勾地盯着桑兮兮，那眼神认真得吓人。

"有什么事吗？"桑兮兮被他严肃的神情吓了一跳，花清泽悄悄地朝桌子边移了移。

宋一波严肃地说："我有件事要拜托你。"

"啊？什么事？"桑兮兮顿时紧张起来。

"请你让我领养那只小狗吧。"宋一波似乎下了很大的决心。

桑兮兮愣了半天："你要养狗？"

宋一波郑重其事地点头："是的。"

桑兮兮想起那天他对小幸的态度，越发觉得不可思议："你确定？"

宋一波依然严肃地说："是的，我非常确定，我已经考虑了一下午了。我可以负责它的一生，不论什么情况下都不会抛弃遗弃，从养它的那天起，就会一直负责养老送终。"

桑兮兮惊讶至极，宋一波看上去像是认真的，他非常详细地说出了自己的打算，包括该如何安排狗的生活，如何训练，从医、食、住、行通通考虑到，到买哪个牌子的狗粮到狗窝的比较选择，甚至考虑到如果自己出差后，该怎么安顿它。

"你不是不喜欢狗吗？"桑兮兮终于还是将心里的疑虑问了出来。

宋一波很惊讶："我没有不喜欢狗啊。"

桑兮兮困惑至极："那前天你看到小幸为什么会走开？"

宋一波的脸上露出了奇怪的神情，他无意识地揉搓双手，难以启齿。

桑兮兮越发觉得他奇怪："到底为什么？"

宋一波的脸上浮出一抹可疑的红晕，他垂下头，继而启齿说出了一段往事。

少年时期的宋一波非常喜欢小动物，那时候他的理想是当动物园饲养员。他的理想很快遭到了家里人的反对，只得按照家人的安排，努力学习，为了光明的前途而努力。

在他高中的时候，他遇见了一只流浪狗，瘦小、柔弱，一身脏污的毛紧紧贴在身上，它蜷缩在屋檐下，任由细雨打湿了它的皮毛。

它看上去那么无助，宋一波的心难受极了，给它买了很多根火腿肠，一根根剥给它吃。起初它很害怕，慢慢地它明白了他的心意，慢慢地靠近了他，吃光了他送的火腿肠，还温柔地舔了舔他的掌心。

从那天后，每天放学宋一波都会特意绕到那只狗所在的地方，给它送各种各样的吃的。流浪狗也很乖巧，每天都在原地等他，每次都会摇着尾巴冲向他，迎接他的到来，它的脸上有了笑容，每天还会送他到家才离开。

宋一波摸着它毛茸茸的小脑袋说道："等我考上大学，我就收养你。"为了表示郑重其事，他伸出了手和它握手。小狗好像听懂了他的话，也抬起了爪子和他郑重其事地握了握。

收到录取通知的那天，他飞快地跑到屋檐下去接小狗，却再也找不到它。

它就此消失了，他疯了一般到处找，却只陆陆续续得到了一些不好的消息。他不愿意相信这些消息，他情愿是另外有好心人带走了它。

"那条狗和它长得一模一样。"宋一波指着照片说，"一样都是黄色的毛，白色的肚皮，四个白色的爪子，黑色的嘴巴，尾巴尖上还有一小撮白毛。我一看到这张照片，就觉得它又回来找我了。"

桑兮兮眼睛红红的，差点就要答应宋一波了，突然觉得手腕痒痒的，低头一看只见花清泽悄悄伸长了树枝挠她的手腕。

她陡然清醒过来，又问起宋一波："你这么喜欢小狗，为什么会躲避小幸？"

宋一波叹了口气说："唉，我怕我对你的狗会产生非分之想。"

"什么？"桑兮兮错愕不已。

宋一波很不好意思地解释："我很喜欢小动物，一碰到可爱的小动物就有点难以把持自己，所以……"他有点脸红，声音越说越小。

桑兮兮静默了很久，良久后望着宋一波期待的眼神，还是点了点头。

桑兮兮带着宋一波去郁哲家领养狗的时候，郁哲打量了宋一波很久，听宋一波一个劲地向他保证会善待小狗，一句话也没说。

宋一波看见小黄狗时，心情激动不已，半蹲在地轻声呼唤："毛毛，毛毛……"

小黄狗歪着头用清澈的双眸看着他，他再次呼唤它："我来接你了！"

小黄狗试着朝他走了两步，慢慢走到他面前坐下，用毛茸茸的小脑袋蹭了蹭他的手心。

宋一波将它抱在掌心，眼圈微微泛红："你真的回来了。"

小黄狗舔了舔他，像是在回应他。

宋一波将小黄狗小心翼翼地放在事先准备好的小窝里，准备带它离开的时候，郁哲开口道："如果不想要了，别扔，退给我。"

宋一波斩钉截铁地答："我会陪伴它一生的。"他握住了小黄狗的爪子，"这是我们的约定。"

郁哲没说话，默默地看着宋一波带着小黄狗上了车，回头看了看院子里的狗子们，摸了摸它们的脑袋说道："都别看了，它有家了，开饭了！"

一直到晚上回家，桑兮兮仍为小黄狗和宋一波的故事激动不已，她抱着小幸一遍遍地和花清泽说起领养时的每个细节。

"想不到宋一波竟然是这样的人。"桑兮兮感慨万千。

"什么人啊？"花清泽冷不丁地在一旁问道。

"很深情、很善良，还很环保。"桑兮兮露出了欣赏的神情，"真是很不错的人。"

花清泽抖了抖树叶，表示反对："我怎么不这么觉得？"

"那你觉得他是什么人？"桑兮兮反问。

花清泽抖动树叶，故作高深地说道："人设太过完美的人，都有问题。你要担心哦。"

"担心什么？"桑兮兮不解地问。

花清泽没说话，只是将树枝扭到一旁，像是歪着头生气。

"你说话啊。"桑兮兮拨了一下树叶，"话说一半是什么意思？"

花清泽还是没说话，桑兮兮连续揪了几下树叶。花清泽急了，腾起一阵绿色的薄雾，变成人形，摸着耳朵抱怨道："把我耳朵都揪红了！"

他突然变成了人，吓了桑兮兮一跳："你，你，你怎么变成人了？"

花清泽摸着耳朵很委屈："谁让你一直揪人家耳朵？"

桑兮兮不服气道："还不是怪你，不把话说清楚！我要担心什么？"

她逼问得厉害，花清泽举手投降："担心喜欢他。"

桑兮兮愣了愣："喜欢他？"

"对啊，你不是觉得他非常不错吗？"花清泽的目光游移不定，语气也不甚坚定。

桑兮兮却笑了起来，像是听到一个好笑的笑话。

"你笑什么？"花清泽觉得她突然的笑声越发可疑，像是故意掩饰，"我说中了？"

桑兮兮却摇头："不可能的。"她对花清泽招了招手，"我告诉你一个秘密。"

"什么秘密？"花清泽睁大了眼睛，他的眼睛原本就大，此时像个无辜的精灵。

桑兮兮低声说："既然是秘密，肯定要小声说，你快过来啊。"

花清泽一阵无语，他们明明在家里，根本没有外人，干吗要小声说话？不过，他看着桑兮兮的模样，两只眼睛不停地眨，红红的嘴唇微微鼓起，急不可耐地要将秘密分享给他。

他不由得笑了，微微弯下身躯，将耳朵送到桑兮兮的嘴边，听她悄声分享一个小秘密。起初他都没有听清桑兮兮在说什么，她温暖的呼吸喷到他的耳朵上，他只觉得耳朵痒痒的，后面才听清楚她的话："……所以不可能。"

花清泽愣了愣，他压根没听清关键信息，只是愣愣地望着她。

桑兮兮却以为他听明白了："懂了？"

花清泽不好意思再问，只能佯装明白，郑重其事地点头："原来如此。"

桑兮兮见花清泽点头，以为他明白了，便唱着歌去厨房做饭。刚走到厨房，她才想起今天忘记买菜："啊，这下完了。"

"怎么了？"花清泽犹在思考桑兮兮到底会说什么，突然听到桑兮兮惊呼，连忙问道。

桑兮兮沮丧地说："这会儿菜市场已经关门了，超市这会儿应该也没什么菜了，烧菜的油也没了，看来今天晚上我要吃泡面了。"

花清泽却神秘兮兮地对她说："你确定家里没菜了？"

桑兮兮很笃定："我每次买菜都是刚刚好，上顿都做完了。"

花清泽说："你会不会记错？"

桑兮兮头摇得如拨浪鼓一般："不可能。"

花清泽说："你去冰箱里看看，说不定还有点剩菜。"

桑兮兮并不相信花清泽的话，但还是带着一丝侥幸打开了冰箱。只见冰箱里满满当当塞着许多新鲜蔬菜、水果，还有榨好的果汁。

桑兮兮不敢相信自己的眼睛，转头望向花清泽："都是你弄的？"

花清泽故作深沉地答道："你说这些吗？哦，我都忘记了，大概是我弄的吧。"

桑兮兮又看见了油壶里盛放着满满一壶金黄色的油："这也是你弄的？"

"我看你喜欢吃凉拌菜，弄了点橄榄油。"花清泽指着旁边的两个小油壶说，"还有麻油、茶油。"

桑兮兮又看向了灶台边，调料罐里多了花椒、黑胡椒、白胡椒，酱油瓶里的酱油也添满了，她不禁喃喃道："你还有什么不会的？"

花清泽不禁莞尔一笑，飞快地收起了笑意，装作不经意地答道："这都算不上什么。"

桑兮兮用花清泽的菜做了一顿色香味俱全的大餐，然后将花盆放到了桌子上，双手合十地对花清泽说："多谢你啦！"

花清泽摆了摆树枝，故作肃穆地答道："小事一桩。"

桑兮兮和小幸共享大餐，花清泽在一旁望着他们，不经意间，一滴水珠自树叶上缓缓滴到了桌子上。

"咦？"桑兮兮发现了这滴水珠，"你怎么滴水珠了？"

花清泽慌忙说道："光合作用，光合作用。"

"现在也没太阳啊。"桑兮兮很奇怪。

花清泽抖了抖树叶郑重其事地说道："关于植物的事，只有我才明白……"

桑兮兮还是盯着他滴落的水，花清泽忙转移话题："哎呀，对了，我知道一个地方有很多人丢塑料瓶，你不是要塑料瓶吗？"

桑兮兮顿时被吸引了注意："在哪里？"

花清泽答道："明天，我明天带你去。"

第二天一下班，桑兮兮就催着花清泽带她去那个有很多塑料瓶的地方。

花清泽果然没有食言，带着桑兮兮七拐八拐，拐进了一个公园的角落。角落的四周都是密密匝匝的树木，树根旁边都是大小不一的塑料瓶，足有几百个。

桑兮兮呆了一下，捡起塑料瓶细看，只见那塑料瓶上面都有新的磨痕，再向四周一看，见那些树木上面都缠着粗细不一的藤条，顿时明白了几分："花清泽，这都是你弄来的吧？"

花清泽抖动枝条装糊涂："啊？你说什么？"

"你老实说，这是不是你昨天晚上弄的？"桑兮兮逼问。

"不是。"花清泽坚决否认。

桑兮兮抬起花盆和自己平视："真的？"

花清泽大力地抖动枝条："我发誓。"

"那为什么每个瓶子上面都有划痕？这些瓶子看起来都很新，应该就是这两天内扔的，你怎么解释？"桑兮兮指着瓶子。

花清泽抵死不承认："那我怎么知道？"

桑兮兮一抬手指着一棵树问："那这个呢？你怎么解释？"

那棵树的藤条上挂着一个塑料瓶，藤条犹自在偷偷运送塑料瓶，突然被桑兮兮抓个正着，藤条立即停止了行动，塑料瓶自半空坠下，不偏不倚地落在了桑兮兮面前。

花清泽和桑兮兮都没有说话，过了一会儿，花清泽尴尬地笑道："要不我帮你把瓶子运送过去？"

桑兮兮不放心，先问道："这些瓶子，你是从哪里弄来的？不会是垃圾回收处理站的吧？"

花清泽连忙解释："没有，没有，都是在市区的地上捡的，还有些是丢错了垃圾桶里的，你放心，都是没人要的。我昨天晚上忙了一夜，今天环卫工人都要感谢我呢。"

桑兮兮有点惊讶："你能让全市的树给你找瓶子？"

花清泽丝毫不以为意："这算什么？我若是身体恢复了，不要说全市，就是全国，乃至全球的树木都会听我的命令。"

桑兮兮压根不信："你就会吹牛。"

花清泽却说："小同志，没有看见之前不要轻易否定，要眼见为实。"说着他向着四周的树木挥舞起了枝条。

只见所有的树木都有节奏地摆动起来，像是一起跳起了舞蹈，只是动作相当僵硬，好像一群僵尸在跳舞，透着几分诡异。

桑兮兮连忙叫停了这场拙劣而诡异的表演："行了，行了，你还是省点力气帮我搬瓶子吧。"

花清泽很狗腿地说道："要搬到哪里？你只管吩咐，你放心，我是活好还不黏人的小妖精，指哪儿打哪儿，绝不掉链子。"

桑兮兮听得好笑，将郁哲的地址报给了他。

借着夜色的掩护，花清泽选了一条秘密的路，用藤条搭了一条空中运输带，将瓶子妥妥地送到了郁哲家门口。

桑兮兮很高兴，表扬了花清泽一番。花清泽正沾沾自喜地要自夸一番，就见郁哲打开了门。

郁哲看着门外的一堆塑料瓶和捧着花盆的桑兮兮愣住了，过了一会儿才反应过来，指着地上的塑料瓶问："这些都是你带来的？"

桑兮兮点头承认："这些应该够用了，等周末的时候，我过来给它们做床。"

郁哲忙将瓶子搬进自家的小院，对桑兮兮道了声谢。

桑兮兮洗干净手，抱起花盆要走，郁哲叫住了她："你吃饭了吗？"

桑兮兮摇了摇头，郁哲说："刚好，我做了饭，吃完再走吧。"

桑兮兮不是个矫情的人，一口应了下来："好。"

♥

第七章

你愿意……

Congtian er jiang
Nixinshang

郁哲的厨艺不赖，几碟小菜炒得不错，还做了一碗葵花大斩肉。

桑兮兮很惊诧他居然会做淮扬菜，郁哲却不在意地说："我外婆是扬州人。"

桑兮兮很兴奋："我外婆也是扬州人！"

两人都有种莫名的兴奋，好像他乡遇故知，虽然已经隔了两辈，但两人陡然间觉得彼此亲切起来。他们聊起了扬州，说起了未曾去过的地方，倒仿佛曾经在那里住过许久一样。

两人越聊越投机，一顿饭从天明吃到天黑，直说得狗子们都听腻了，各自盘在窝里睡觉。

花清泽不断地摆动枝条，树叶扭来扭去，试图引起桑兮兮的注意。可是她连一眼都没看他，只和郁哲相谈甚欢，他甚至看见她眼睛里闪着兴奋的光芒。

花清泽又看向郁哲，只见他的目光像被胶粘在了桑兮兮身上。他硬朗的脸部线条变得柔软，嘴角边带着一抹浅浅的笑意。

花清泽挪动起花盆，终于弄出了响动，花盆落在了地上，打断了正说得投机的两人。

桑兮兮连忙捡起了树，仔细检查了一番，连片叶子都没落。

郁哲很纳闷，他向四周看了看，一丝风都没有，花盆怎么会突然掉到地上？

　　桑兮兮捧着绿植回家时，郁哲也跟着出了门送她回家。

　　夜色浓重，白日里的喧嚣都渐渐平息，霓虹把夜晚装扮得如梦如幻。

　　两人沿着路往桑兮兮家走，淡黄的光芒披在两人身上，两人有一句没一句地闲聊起来，约定周末见面。

　　郁哲见桑兮兮手中始终捧着绿植，便要帮忙。手刚碰到树叶，就感到一阵刺痛，像是有什么东西扎了他一下。他愣了愣，仔细看树叶，叶子上面好像也没有刺啊？

　　桑兮兮并不知道郁哲被扎了手，只是笑着说："没关系，我习惯了。"

　　郁哲搓了搓手指，问桑兮兮："你好像很喜欢这盆树？"

　　桑兮兮愣了愣："啊？"

　　郁哲说："你好像走到哪里都带着它。"

　　桑兮兮一时语塞，尴尬地笑着不知所措。

　　"其实这很正常，只要不妨碍别人，喜欢什么都不要紧。"郁哲安慰她道，"别人也觉得我是个'怪咖'。"

　　桑兮兮笑了笑，他们都一样，不是人人喜欢的那种人，都有点和别人不同的地方。

　　"幸好这个世界这么大，可以包容我们这些不同寻常的人。"

　　郁哲笑了笑，他望向了天空。天空上看不见半颗星，但是五光十色的霓虹，比星空更耀眼夺目。

周末很快来临，桑兮兮一大早就忙忙碌碌准备去郁哲家。

花清泽看她在家中倒腾，抱着小幸酸溜溜地说："看看你主人，一天都不在家陪你，哪里像个合格的主人？"

桑兮兮正在收拾工具头也不抬地说："小幸，我今天保证带你出去玩。"

小幸一听可以出去，兴奋地从花清泽的怀中跳下来，朝着桑兮兮奔去，又蹦又跳。

花清泽一听，忙问："那我呢？"

桑兮兮瞅了他一眼，干脆地答道："不带！"

花清泽气鼓鼓地问："为什么？"

桑兮兮理直气壮地答："我要去干活，带你去干吗？"

花清泽更加气愤："那你为什么带小幸去？"

"小幸可以和狗子们一起玩啊。"桑兮兮抱起小幸揉了揉它的脑袋，"你就只能待在花盆里，说不定还会跌下来，万一摔坏了，我可赔不起。"

花清泽一听她提起那天晚上故意摔下桌子的事，有点心虚："那我这样子和你一起去，帮你干活不行吗？"

桑兮兮斜睨了他一眼："你能坚持这个状态多久？"

花清泽一时无言，桑兮兮接着说："我今天会忙一整天，难道到时候，还跟人家解释，你这个人怎么会消失了，然后凭空多了棵树？"

花清泽更加气愤，却找不出借口。他最近一段时间帮着桑兮兮做了很多事，耗费了不少超能力，本来早就可以恢复，现在却最多只能维持两个小时人的形态。

"好好在家休息吧。"桑兮兮将工具收拾好，牵着小幸出门，"千万不要乱跑，否则被人家捡走了，我可救不了你。"

花清泽望着紧闭的大门，气得在房子里暴走，房间里的绿植随着他的走动不断地冒出新的枝叶。

天气格外好，蓝空如洗，大团的云朵软厚如被，让人想要在当中打滚。

桑兮兮敲门的时候，郁哲正在院子里训狗子们。

桑兮兮带着小幸一进门，立即受到了狗子们的热情欢迎，一人一狗被团团围住，群狗摇动尾巴，热情地求抚摸。

郁哲怕吓到桑兮兮，连忙把试图站着趴向桑兮兮的狗子拽下来，严肃地警告了它们一通，末了对桑兮兮笑着说："我有件事给你看。"

桑兮兮不解地望着他："什么？"

他神秘地一笑，对她说："你看着吧。"

说完，他捡起一个空瓶丢向了远处，随即命令道："小胖，去！"

名字叫小胖的是一只黑白花斑的狗，体型偏胖，它摇着尾巴晃动脑袋跑到了空瓶那里，叼起空瓶又屁颠颠地送到郁哲手里。

桑兮兮又惊又喜："它会捡东西？"

"它们都会。"郁哲的笑容里面有几分得意，"不仅是捡瓶子，还有其他的东西，以后它们可以做你的帮手。"

桑兮兮惊讶万分："你教它们的吗？"

郁哲点点头："它们很聪明，一学就会。"

桑兮兮一转头对小幸说："你也来学学。"

小幸歪着头看了看桑兮兮，又看了看其他狗子，看它们高高兴兴地叼瓶子，也学着它们的样子一起叼起了瓶子送到桑兮兮的手里。

桑兮兮大喜："小幸，你太聪明了！"

一整天，桑兮兮都带着小幸在郁哲家中忙碌。郁哲帮着她一起给狗子们做床，将塑料瓶一一洗干净、晾干，再一个个整整齐齐地粘好。

桑兮兮是个熟练工，郁哲也不赖，两人很快形成了默契，很快给每只狗子都量身定做了一个狗窝。桑兮兮还将自己带来的旧毯子和旧衣服一件件改成小垫子，给狗子们用。

郁哲从未觉得这般快乐，不自觉地哼起了歌，起初只是胡乱哼哼两句，后面声音越唱越大。

他唱歌意外地好听，桑兮兮不禁连声称赞："真是太好听了！你应该去参加比赛！"

郁哲被夸得不好意思，没有再唱。桑兮兮连声催促他："再唱一首！"

郁哲这才挑了一首拿手的歌曲唱了起来，他的嗓音很有磁性，唱起歌来带着一股天然的沧桑感，极其打动人。一连唱了十几首，直到喉咙又干又疼，他才停了下来。

桑兮兮意犹未尽，开始为郁哲出谋划策："你去参加比赛吧，肯定会火的！"

郁哲摇了摇头说："不去。"

"为什么？"桑兮兮疑惑地问。

"不想去。"郁哲淡淡地一笑，他并不喜欢在大庭广众之下表露自己，他只想唱歌给想听的人听。他看了一眼专心干活的桑兮兮，满脸热得通红，长长的头发扎在了耳后，正在奋力地对付一块木头，相当汉子，也相当可爱。

郁哲给桑兮兮倒了一杯水，桑兮兮接过了水杯咕咚咕咚喝得见了底。

郁哲正要再给她倒水，忽然看到一只马蜂飞向了桑兮兮。他急忙拉着桑兮兮躲开马蜂，一不小心力气大了点，她脚下不稳，竟被他一把拉进了怀中。

桑兮兮一脸蒙地扑倒在郁哲怀中，过了几秒才反应过来，她连忙挣脱。郁哲也很混乱，急忙松开了手。

两人都有些尴尬，郁哲指着前方说："马蜂……"他指的地方却空无一物，连只苍蝇都没有。

桑兮兮假装看见了马蜂，胡乱地点头。

一时间两人都觉得气氛很尴尬，不知道该说什么好。就在这时，院子里的那棵桃树毫无征兆地掉了一地的落叶，吓了两人一跳。

郁哲看了看天上炙热的太阳，好像还没入秋吧？

桑兮兮看着满地的落叶，顿时怀疑这是花清泽在搞鬼。她又有点不敢相信，他能在这里安排一双眼睛？

她将工具收拾好，带着小幸匆匆忙忙地向郁哲告别。

郁哲有点舍不得，却没有开口挽留，只是问她："明天早上还是七点遛狗吗？"

桑兮兮一愣，点了点头。郁哲坦坦荡荡地对她笑着说："明早见。"

桑兮兮应了一声，牵着依依不舍的小幸离开。郁哲坦荡的笑容叫她心生惭愧，是自己想多了，那只是个意外而已。

她回头看了一眼身后，发现郁哲靠在院门边，半垂着头，不知在看些什么。他穿着白衬衫和卡其色的长裤，外面套着一个咖啡色的围裙，穿着工装鞋，手腕上的衣袖半卷，很有几分颓靡的味道。

坦白来说，郁哲的面容不算精致好看，瘦削的脸颊上，眉目特别立体，看起来有几分凶狠，配上他略微沙哑的嗓音，很像现在流行的大叔款。尤其是他的眼神，总是带着看不透的忧郁，加上他那种让人捉摸不透的古怪，更是给他添加了一种神秘气息。

若不是他有社交恐惧，恐怕早已经有无数女朋友了。

桑兮兮突然想起来，他有社交恐惧，那怎么和她相处得这么自然？莫非他把她当成了兄弟？

桑兮兮打开家门的时候，几乎以为自己走错了门。家中一片绿油油的，植物爬了满墙，将所有的家具都包裹了起来。

她吓了一跳，连忙寻找花清泽："花清泽！花清泽！"

花清泽全身发着绿光，正坐在沙发当中生闷气。他的身旁到处都是树藤，枝叶密密麻麻地覆满地面。最为壮观的是他的头发，他的头发变得老长，一直拖到了地上。

桑兮兮艰难地走到客厅里，见他坐在沙发当中，连忙问道："花清泽，你怎么了？"

花清泽不说话，浑身的绿光颜色变得更深。小幸跌跌撞撞地在树藤中攀爬，勇敢地扑向了他，摇着尾巴舔他的手。

花清泽看着小幸摇着尾巴，眨巴着眼睛的模样，当即气消了一半，身上的绿光变淡了些，地上的绿叶和树藤也变少了些。

桑兮兮看了看四周，又问道："你怎么了？"她斟酌着字句，"你是不是失控了？"

花清泽白了她一眼："你才失控了！"

桑兮兮指着满屋的绿植问他："这到底是怎么回事？"

花清泽瞪着她说："没事！"

桑兮兮觉得这个"没事"很没有说服力，又问道："你是不是超能力失控了？没关系，你告诉我，看看我能不能帮你。"

花清泽站起身来，正要说话，突然之间变成了一团青烟，消失在她面前。

桑兮兮定睛一看，他又变回了那盆绿植。四周蓬勃肆意生长的绿植，在一瞬间都消失了，屋子里又恢复了原样。

桑兮兮更加笃定，这货的超能力是真的失控了："这又不是什么丢人的事，超能力失控电影里不是常演吗？你干吗不承认？死要面子活受罪。"

花清泽心中有一大堆要说的话，却什么都说不出来了。他之前过度使用超能力，此时的他就是棵普通的树而已。

隔了一夜，花清泽的情况也没有太多好转，树叶一直打蔫。桑兮兮不论怎么叫他，他也不回话。

桑兮兮有点担心："花清泽，你不会和电影里演的一样，超能力失控后就突然消失了吧？"

花清泽还是没回话，桑兮兮无可奈何地又将他带着去上班。这一次，花清泽既没有和她拌过嘴，也没有给她添乱，在地铁里也没有散发出好闻的气味，他安安静静地待在花盆里，像一棵真正的绿植。

桑兮兮有点失落，平时她和花清泽总是趁着无人的时候说话。此时他突然不开口了，倒显得有些空荡。她没事的时候，总会叫他几声，可是他一直没有回答。

"桑兮兮，你是不是疯了？"危雅用怪异的眼神看着她，"你天天捧着这盆绿植上班也就算了，怎么还和它说话？"

桑兮兮尴尬地笑了笑："你找我什么事？"

危雅像是没听见，继续吐槽她的古怪行为："听说你还给它取了名字？给猫猫狗狗取名字也就算了，居然给绿植取名字？老实说，你是不是太孤独寂寞了？"

桑兮兮一愣："我给绿植取名字，和它说话危害到谁了吗？"

危雅被问得张口结舌，悻悻地说："你要是继续这样下去，肯定找不到男朋友。"

桑兮兮不以为意："连这点都接受不了，那就别做我的男朋友。"

危雅眯起了眼睛望着她："不对啊，桑兮兮，你这口气大得很，是不是最近有人在追你？"

桑兮兮连连摇头："没有啊。"

危雅见她如此，又瞥了一眼桌子上的绿植："算了，我懒得管你，你要么就是痴迷狗，要么就是痴迷绿植，我看你迟早要疯。"

桑兮兮只是笑，危雅摇摇头，转身离开。桑兮兮继续看着花清泽，树干上似乎又有些绿意了。

一连几天，花清泽都没什么反应。桑兮兮心里着急，也不知该怎么办，除了给他浇水、晒太阳，她也做不了其他事。除了出门遛狗的时候，她几乎时时刻刻都将花盆带在身边。

这一日的阳光灿烂，桑兮兮瞧了瞧天色，将花盆移到了阳台，又打开了窗户透气："你先在这里晒会儿太阳，我去银行办点事，等会儿就回来。"

她等了一阵子，期待花清泽能开口回她的话，但是他没有。虽然看起来他的状态比之前好些，但还是没有说过话。

桑兮兮在心里微微叹了口气，对小幸叮嘱道："你不许欺负他，老老实实地在家里待着，离他远点，明白了吗？"

小幸巴巴地望了望她，又望了望放在高处的花清泽，不情愿地"汪"了一声。

周末办事的人多，虽然桑兮兮起了个大早，银行里还是排起了长队。桑兮兮看着那条长龙有点想不通，现在都已经是手机银行时代了，怎么还有那么多人会在银行里排队？

她转念一想自己也为这条长龙做了贡献，也就没了想法，老老实实地等待叫号。

这一等居然整整等了一上午，桑兮兮心中焦急，上前看了几回，办事的多数是老年人，行动迟缓，又非常谨慎，催促不得。

快要排到她的时候，她发现外面变了天。早晨时的灿烂阳光变成浓云滚滚，天空如墨一般黑，狂风大作，催得行人步履匆忙。

桑兮兮顿时想起放在窗台上的花清泽，就在这时，银行柜台的叫号机叫了她的号码。

她看了一眼捏在手心里的号码纸，苦苦等了三个小时，就是为了这一刻。她又看了看外面的天空，瓢泼大雨如期而至，路面顷刻之间被浇湿。

桑兮兮再次听到了身后的叫号声，她咬咬牙冲向了雨幕里。

从银行到家的距离并不算太远，可是因为大雨的阻拦，每一步都变得艰难。狂风和她较劲，阻拦她前行的脚步。

桑兮兮灌了好几口风，身上的衣服被雨水浇得连根纱都湿透了，这才跑回到家中。

她连忙打开门一看，果然见屋子里被吹得一片狼藉，雨水也从阳台打进了房子里。她顾不得许多，径自冲到阳台上，只见花盆掉落在地，已经碎成了好几片。黑色的泥土混着雨水洒了满地，绿植埋在了水渍黑泥里，树叶掉了满地，树枝也折断了好几根，树根暴露了出来，细长的须根折断了好几根。

桑兮兮连忙捡起绿植，连声叫了好几遍："花清泽！花清泽！"

花清泽没有吭声，桑兮兮慌得很，连忙重新找了个花盆，小心翼翼地将树根埋进土里。她的手微微颤抖，轻轻抚摸着断痕和落叶。这段时间她每天都盯着他，他有几根树枝、几片叶子她都清清楚楚。

眼下，新长的柔嫩枝条都断成了两截，树叶也掉了大半，树干上还有老大一道新磕出来的痕迹。

桑兮兮心里十分愧疚，如果不是她把花盆放在阳台，怎么会被风吹落？好不容易才长好些，现在全然又白费了工夫。

小幸"汪汪"叫了几声叫醒了她，她这才记起关门关窗收拾整理房间。

这场突如其来的暴雨打乱了桑兮兮的计划，桑兮兮足足收拾了一个多小时才将大风吹乱的房间打扫干净。

她在收拾的时候突然发现客厅的塑料柜里面放着一个玻璃瓶。玻璃瓶里面有一个小小的世界，里面有一座小小的假山，假山上面覆着一层绿色苔藓，几朵黄色的蘑菇像一把把小伞长在苔藓上，旁边摆着一个很小的龙猫玩具，手里举着一块蓝色的牌子，上面写着一行小字：我们认识一个月啦！

她愣了愣，看向了挂历，从她捡他回来已经一个月了吗？

她并没有把这件事记录在案，却看见日历上面有个绿色的标记，标记的正是今天。

很显然是花清泽的杰作，她将玻璃瓶放在桌子上，对花清泽说道："谢谢你，花清泽。"

温软的手心抚过了枝条，挠得她的掌心痒痒的，她仿佛听到花清泽的回答。

桑兮兮决定庆祝一下这个重要的日子，她将花盆擦得焕然一新，换了一身干净的衣服后，将花盆摆在了茶几上，又倒了两杯葡萄酒，将其中一杯放在花盆面前："来，为了这个重要的日子干杯！"

玻璃杯清脆地叩响，桑兮兮的眼前一亮，只见满屋的花都绽开了，茶花、百合、月季、紫叶草、海棠，甚至连柠檬树都开出了白色的花朵。

桑兮兮又惊又喜，她连忙问花清泽："花清泽，你在吗？"

花清泽还是没有发出声音，但是桑兮兮看到树枝微微有些晃动。

"你……"桑兮兮的话还未说完，就听到门外传来敲门声。她心中疑惑，这大风大雨的天气，连快递小哥都去避雨了，还有谁会来？

小幸抖动耳朵听了一阵，忽然冲向了大门边，高兴地连声"汪汪"叫。

桑兮兮见它如此，心里顿时明白了，她打开门一看，果然是郁哲。

郁哲捧着一个大纸包，浑身上下都让雨浇湿了，纸包却没有湿一个角。他将纸包交给了桑兮兮，桑兮兮打开一看，里面是许多狗饼干。

"这是你做的？"桑兮兮问。

郁哲点点头，摸了摸小幸的脑袋说："给它的礼物。"

"这也太多了。"桑兮兮拣了一块饼干递给小幸，又招呼郁哲进屋，"进来坐吧。"

郁哲点点头，换鞋进了屋，一眼就看到了茶几上的两杯红酒："是不是打扰你了？"

"没有，没有。"桑兮兮连忙摆摆手，"我正准备吃饭，正好你来了，一起吃饭吧。"

郁哲看了看桑兮兮："真的不打扰你吗？"

桑兮兮再次点头："真的。"她指着屋外，"这么大的雨，你现在也不方便出去，一起吃饭吧。"

郁哲没有再推托："好。"他走到饭桌旁不客气地坐下，饭桌上已经摆着几碟炒好的小菜：青椒肉丝、番茄鸡蛋、豌豆苗汤，简单清爽，算不上很精致，但是闻起来很香。

桑兮兮进了厨房要再烧一个菜，郁哲正要起身帮忙，忽然发现满屋子的花开得正浓，不由得发起了愣，这些花难道是这个季节开的吗？

没等他想明白，那些盛开的花朵一瞬间同时凋敝了！

郁哲揉了揉眼睛，以为自己看错了，站起身走到那些花面前一看，果真看到所有的花都凋敝枯萎，一时间有点回不了神。

郁哲在桑兮兮家已经消磨了一下午，两人吃过饭后，一边看电影，一边给小幸做零食。

一直到傍晚风雨停了，郁哲看了看窗外起身说："走吧。"

桑兮兮一愣："去哪儿？"

"遛狗啊。"郁哲抱起小幸说，"雨过天晴，晚霞也是最美的。"

桑兮兮当即跟着起身，顺手捧起了花盆。郁哲一愣，没有说话，只是带着小幸先出门。

门外骤雨初歇，天际处厚厚乌云里有红彤彤的云霞翻滚，红与黑交织成奇异的景色，铺满了半边天，看起来格外壮美。

桑兮兮目不转睛地盯着前方的天空，不时抬起花盆朝着天边递过去，一派想要让花盆看晚霞的模样。

郁哲一直没说话，路人纷纷扭头观看，都觉得桑兮兮比晚霞还有看头。

桑兮兮没有察觉，一直抬着头往前看，差点一脚踏空。若不是郁哲眼疾手快地拉住了她，她就要当场摔倒在地。桑兮兮惊魂未定，牢牢抱紧花盆，愣了几秒后才发觉郁哲情急之下抱住了她。

郁哲松开了手，又牵着小幸回到了他原本的直线上。桑兮兮讪讪地道了声谢，不敢再不看路。

郁哲的神情自若，并没有半点不自然。桑兮兮松了口气，虽然刚才的事算不上什么，但她是个保守的人，总觉得有点丢人。

她将小幸的绳子拿了回来，对郁哲说："我先带它去那边公园里转一圈。"

郁哲点点头："好。"

两人就此告别，桑兮兮带着小幸走向了公园。这时迎面走来一名身穿黑色短袖的男人，戴着一顶鸭舌帽。

男人和桑兮兮打照面的时候，盯住了她的手，他拦下了桑兮兮："你好，能把你的树给我看下吗？"

桑兮兮顿时心生警惕，这个男人看着有几分面熟，很像上次借太阳花玩具的那个男人。她立即想起花清泽说过的话，中国龙组！这个人肯定是来找花清泽的！

桑兮兮立即将花盆放到身后："不给！"

男子愣了愣，没想到桑兮兮拒绝得这么干脆。

"不方便吗？"

"不方便！"桑兮兮硬邦邦地答道。不等男子再说话，她抱着花盆，拉着小幸一路小跑，男子站在原地望着她远去的背影陷入了深思。

郁哲坐在院子里发了半天呆，狗子们欢快地在院子玩耍，玩累之后纷纷回到了桑兮兮给它们做的小窝里睡觉。它们很喜欢自己的小窝，也很喜欢桑兮兮。

每回桑兮兮过来都会给它们带礼物，每天早上它们都会等着见她，在街角的转角处，她会带着小幸准时出现。狗子们争先恐后地帮她捡垃圾，渴望得到她的表扬。

郁哲明白狗子们的心情，他也很喜欢她。每天早上他都会掐准时间，精确到秒，准时出门，就是为了"偶遇"桑兮兮。

他喜欢和她一起吃饭、聊天、遛狗，和她在一起的时候，他连社交恐惧的毛病都消失了。

他不确定以后还会不会遇见这样的人，但是既然遇见了，他不想错过。

郁哲下定了决心后，又陷入了新的烦恼，该怎么做呢？他不是个经验丰富，善于撩妹的人，想来想去决定到网上看看攻略。

网上的攻略五花八门，各路撩妹大法看得郁哲两眼发直。他幻想了下如果自己按照这些套路向桑兮兮告白，估计场面会异常尴尬。

这个妹子的神经似乎有点大条，而且属于那种铁血真女汉子，别的妹子可能递个眼神她就明白了，桑兮兮不是那种人，就算把眼睛瞪掉下来，她也不会有感觉的。

郁哲有点挫败感，她这样的妹子，该怎么办？

郁哲一夜几乎没怎么睡，人却异常清醒。天没亮的时候，他就急切地盼着天亮，眼睛闭了又睁开，满脑子都在模拟两人相见的场景。

每当模拟的场景不符合他的预期时，他就会重新模拟一遍，直到结果让他感到满意为止。

他记得桑兮兮喜欢花，去了不远处的花店买了一束黄色的雏菊，让桑兮兮最喜欢的狗子小胖叼着花，掐着时间走到街头拐角处。

等了不到五分钟，桑兮兮果然牵着小幸走了过来。她今天穿着浅灰色的无袖A字裙，戴着一顶圆圆的帽子，长发披散在脑后，看起来娴静文雅。

郁哲松开了小胖，对它下了命令，小胖叼着花屁颠屁颠地朝桑兮兮跑去。

一切都如同郁哲所料，小胖完美地完成了任务，将花束送到了桑兮兮的手里。桑兮兮抬头看见了他，微微一笑，朝他扬起了手。

就在郁哲走向她的时候，她手里的雏菊居然在瞬间凋零，花瓣齐齐落下，竟然连一片都没有留下，她的手里只剩下了一把光秃秃的花杆。

郁哲盯着她手里的花杆，停下了脚步，事先准备好的话都忘得干干净净，两只眼里只有那把离奇的花杆，他怎么也想不通，这是为什么呢？

桑兮兮也发现了异样，她惊愕地望着手里的花束。两秒钟后，她在街对面的树下看到了一个熟悉的白色身影。

清晨的阳光透过树叶，稀疏地落在他白净得近乎苍白的脸上，他的嘴角闪过一抹恶作剧得逞的笑容。

桑兮兮呆了一下，将郁哲抛在了脑后，当即奔向了马路对面。

郁哲见桑兮兮突然改道，也是一愣，眼睁睁地看着她的身影消失在街头。他牵着群狗，苦笑了一声，喃喃道："你愿意做我的女朋友吗？"

♥

第八章

他如果喜欢你

Congtian er jiang
Nixinshang

桑兮兮追到马路对面的时候，花清泽的身影一晃，赫然又变成了绿植落在了树下。

桑兮兮拎起绿植喊道："花清泽！花清泽！"

花清泽没有吭声，桑兮兮又叫了几声，见花清泽还是没反应，她便拎着绿植走到垃圾桶面前自言自语道："怎么又乱丢垃圾呢？一点都不爱护环境。"说着举着绿植放在垃圾桶上方。

花清泽终于开口了："我，我，是我！"

桑兮兮不为所动，还是将手停在垃圾桶上方。花清泽急了，一阵薄烟过后，他站在了她面前，笑得一脸谄媚："是我啦！"

桑兮兮似乎没看见也没听见，转过身就走。花清泽跟在她身后很狗腿地问："你累了吧？我来牵小幸。"说着伸手拉绳子。

桑兮兮不理他，也不让他牵绳子。

花清泽见她真生气了，对着她手里的花杆挥了挥手，雏菊再次开出了花朵。一朵朵金黄色的雏菊晶莹通透，比之前开得更美。

"喏，花还给你了，别生气了，我就是开个玩笑而已。"

桑兮兮停下了脚步，转头望向他，愤怒地将花束塞到他的手里："这是花的问题吗？"

花清泽拿着花一脸茫然："那是什么问题？"

桑兮兮气得要命，她狠狠地瞪了花清泽一眼，转头就走。花清泽一路在后面追，连声道歉，但是桑兮兮一直没有理他。花清泽拉住了桑兮兮的胳膊："能不能给个机会，让我知道你生气的原因？"

桑兮兮冷冷地望着他，他的脸更白了，近乎透明。天气不算热，他的脸上却有一层汗，嘴唇的颜色也微微发白，仿佛一团白烟，随时都会散去。

桑兮兮的心软了些，没有再甩开他的胳膊。花清泽举起了手指说道："我想了一路，大概有以下几个原因，你能用排除法帮我排除一下吗？"

"啊？"桑兮兮没想到花清泽会这样问。

不等桑兮兮回答，花清泽就开始掰起手指说："第一个原因是我弄坏了你的花，但是你说不是，所以排除了；第二个原因是我刚才怕你生气变成了树，惹你生气了；第三个原因是我中断了你每天遛狗的行程，你非常不爽；第四个原因是……"他的话没说完，就忽然消失了，重新成了一棵绿植落在地上。

桑兮兮气得直跺脚，这家伙又装死！刚拎起他准备真的丢进垃圾桶，却发现绿植树干的颜色发干，树叶萎靡不振，显然是已经耗尽了体力。

桑兮兮生气道："花清泽，你这个浑蛋！我把你丢到垃圾桶算了！别再烦我了！"她口中骂得厉害，手也放在了垃圾桶上面，停了几秒后还是没忍心松手，拎着他回家了。

桑兮兮将花清泽重新放进花盆里，然后拎起包转身要走。花清泽叫了她一声："别走啊！"

桑兮兮冷冷地看了他一眼说："你还有什么事？"

"帮我浇点水行吗？"花清泽一副弱小无辜又可怜的模样。

桑兮兮一愣，这才想起今天早上起来忙得要命，忘记给他浇水了。

她心里有些愧疚，赶忙给花清泽浇了点水，嘴上却不肯服软："你不是都已经恢复了吗？自己不能浇？"

花清泽可怜巴巴地说："我，我，我又用光了超能力。"

桑兮兮放下了水壶，瞪着他说："你到底什么时候能彻底恢复？"

花清泽更加可怜："我也不知道……"

"你明明都可以使用超能力，怎么还是这样？"桑兮兮很不解。

花清泽这才吞吞吐吐地将原委告诉了她。原来在他还未完全恢复之前，使用超能力就会消耗掉之前积攒的力量，等于一切又归零，需要重新再来。

桑兮兮沉默了几秒："归零？等于你现在的状态和一个月前是一样的？"

花清泽害羞地缩起了树叶，点了点头。

桑兮兮的头脑一片空白，几秒钟后，对他说道："等于我这个月都白忙了？"

花清泽抖动枝条，讪笑道："也不能这样说，你看我们认识了，这就是这个月的最大收获不是吗？"

桑兮兮轻轻地拍了枝条一下，打断了他的话："行了。从现在开始，你不准再使用任何超能力，直到你完全恢复！"

花清泽还想争辩，被桑兮兮凌厉的眼神封住了嘴，老老实实地应下了。

　　桑兮兮怕花清泽背着自己作妖，还是将花清泽带去上班了。在她严厉的警告下，他连驱蚊的香气都不敢散发，像一棵真正的绿植老老实实地韬光养晦，连话都不敢说。

　　他闲得无聊，偷偷地向四周观察。

　　这是一间典型的办公室，所有人都在电脑前工作，只是大家的态度有所不同，有的人在摸鱼，有的人在干私活，有的人边工作边闲聊，唯有桑兮兮一人埋头苦干，神情专注。

　　他的目光落在桑兮兮身上，她戴着一副圆圆的眼镜，专注地查阅资料，为了所写的文章里的数据精确，有时她还会去翻阅论文。别人不甚在意的细节，她都反复斟酌，再三思量。

　　她没有烫大波浪，也没有化妆换脸神术，穿衣打扮也并不是特别突出，猛一打量并不起眼，可是细细去看，就会发现她很耐看，尤其是五官，清秀动人。

　　就在花清泽偷偷地欣赏桑兮兮的时候，经理走了过来对桑兮兮说："桑兮兮，你准备准备。"

　　"啊？"桑兮兮困惑地抬头看着经理，"准备干吗？"

　　"出差。"经理说，"票都给你订好了，你马上去火车站吧。甲方发火了，你赶紧过去灭灭火。"

　　桑兮兮呆了呆："现在就去？"

　　经理点点头："你回家收拾两件衣服马上就去吧。"

桑兮兮傻了眼："我要出差几天？"

"就两天，你别跟我说不行。"经理意味深长地看了她一眼。

桑兮兮忙点头："我这就走。"说完她关上电脑，抱起花盆正准备要走，又犹豫了起来。她总不能带着个花盆去坐火车吧？

想来想去，桑兮兮抱着花盆走到危雅面前对她说："危雅，我要出差去，你帮我养两天这个行吗？"

危雅惊愕地看着她，又看了看她手中的花盆："桑兮兮，你没事吧，两天不浇水树也不会死啊。"

"不行，你必须答应我，每天给这盆绿植浇三次水，晒三个小时太阳。"桑兮兮郑重其事地说。

危雅望着她手里的绿植，这盆绿植貌似养了一个月了，可情况并没有比一个月前好。危雅本想推托，却瞥见了那边的宋一波，便答应了下来。

桑兮兮将花盆交给了她，再三叮嘱："拜托你一定要好好照顾他，等我回来请你喝奶茶。"

危雅一笑："要两杯哦！"

桑兮兮连连点头，这才急急忙忙往家赶，将小幸带到宠物店寄养，胡乱塞了两件衣服就赶往了火车站。

花清泽相当郁闷，桑兮兮根本没有给他说不的机会，就将他强行塞给了危雅。危雅对他并不感兴趣，只是随便拍了张照片发了个朋友圈自嘲成了"代养妈妈"，然后就将他丢在桌子上不再过问。

这一天，危雅并没有按照约定给花清泽浇水，也没有让他晒太阳。

她丝毫不关心他,忙完了手头的那点工作后,就开始在网上看娱乐八卦,搜索撩汉大法。

她近来感觉很挫败,宋一波非常难撩,他不像其他懂风情的男人,通过三言两语就知晓了对方的心意。他完全和她不在一个波段,任她耗费心机发送脑电波,他也总是接收不到信号。

想想他上次和桑兮兮聊得很愉快的样子,危雅的心里有点恨得牙根痒痒,果然怪咖和怪咖才是同频的。

她想了又想决定再约一次宋一波。

"宋一波,下班后能不能帮我个忙?"

宋一波抬头望向她:"帮什么忙?"

危雅心念一转,对宋一波甜甜一笑:"我答应了桑兮兮,晚上帮她买点东西,东西有点不好拿,你能帮我个忙吗?"

宋一波毫不犹豫地答应了。危雅很高兴,她决定去补个妆,顺道想想晚上去哪家店吃饭。

快到下班的时候,危雅收到了桑兮兮发来的消息,让她记得下班的时候把绿植也带回家,不要丢在办公室里。

危雅翻了个白眼,这女人真的疯了吧?每天带盆绿植跑来跑去也不嫌累!

她本想不理会桑兮兮的消息,可是她一抬头发现宋一波的手里居然也端着一盆绿植,当即想也不想地将花盆捧在了手里,笑盈盈地说:"这么巧?"

宋一波见危雅捧着花盆，也笑着点点头，将手里的绿植送到鼻子旁深吸了一口气，问危雅："你觉不觉得空气清新了许多？"

危雅的脸笑得像花一样，学着他的动作也将花盆端到鼻子旁深吸了一口，笑眯眯地说："是啊，真是好闻极了。"

两个人一人捧着一盆绿植，一起离开了办公室。

宋一波认真地陪着危雅去商场买东西，还认真地思考危雅胡乱指的东西的实用性，没有放一点点心思在她身上。

危雅气得要命，却还微笑着对他说："我们先去吃饭吧，吃完饭后再来买。那家店的东西味道不错哦。"

宋一波顺着危雅指的方向看去，见是一间法餐店，为难地说："不好意思，我不大喜欢法餐。"

危雅一愣，她本以为可以和宋一波在环境幽雅的法国餐厅吃饭，没想到他居然不喜欢。她只得勉强一笑说："没关系，那你想吃什么？"

宋一波露出期待的神色："我知道一个地方，里面的东西很好吃！"

宋一波带着危雅轻车熟路地走出了商场，拐进了一条小街巷里面。街巷和外面高大上的高楼大厦不同，狭窄的道路两边是黑乎乎的墙，路灯都不算明亮，道路两边都是小门店，上面挂着红红绿绿的老旧招牌，都是些小饭店。

危雅不敢相信宋一波会带她来这种地方吃饭，她满心嫌恶地看着昏暗的路灯照着铺着厚厚油泥的地面，一点胃口都没有了。

宋一波却很兴奋，一路指着各家小店向危雅介绍每家的特色招牌菜。

危雅忍不住问："你经常来这里？"

宋一波点头："是啊，这里的东西很好吃，远近闻名的美食一条街啊。"

危雅站住了，她看着身旁的男人，他与自己的想象差了十万八千里，她想要的也不是这种在街头吃苍蝇馆子的生活。

危雅迅速地做出了决定："我有点不舒服，先回去了，不好意思，不能和你吃饭了。"说完她转身就走。

危雅回到家的时候才发现自己一直捧着花盆，也不知道中了什么邪，居然就这么稀里糊涂地捧着花盆走了那么远的路。

她将花盆随手丢在阳台上，随手点了份外卖，又打开了一罐啤酒连灌了几口，颓然地靠在沙发上。

屋子里面很凌乱，桌子上、茶几上，到处都堆满了垃圾，各种垃圾都没有分类搅在一起，堆得溢出来。衣服、包、化妆品堆得到处都是，连走路都很困难。

危雅不以为意，她只是为自己浪费的时间感觉懊恼。

"还以为找到了对的人呢，唉，又是白费劲。"她两口喝完了酒，将啤酒罐捏扁扔向了垃圾桶，"到底我什么时候才能暴富？"

啤酒罐撞在了垃圾桶上，那个不堪负载的垃圾桶摇晃了两下翻倒在地，吐出了里面所有的垃圾。

危雅皱着眉头骂了一声，走到垃圾桶边随手将垃圾胡乱地塞回了桶里，心情糟透了。

收拾完垃圾桶，危雅又打开了一罐啤酒灌了下去。她的心情很差，喝了几罐啤酒后，就昏昏沉沉地躺在沙发上睡着了。

门铃惊醒了她，她连忙翻身起来，开门拿外卖。就在她拿着外卖回到客厅准备吃饭的时候，赫然发现阳台上站着一名白衣男子。

男子的模样很特别，穿着白衬衫和休闲长裤，头发却老长，在头顶绾了个丸子头。若是别人这样打扮一定很怪异，但是他的颜值很高，这样古怪的打扮也没拉低他的颜值，相反有种特别的味道。

危雅呆立了很久没有说话，倒是花清泽先开了口："请问桑兮兮去哪里了？"

危雅愣了愣："去应城了。"

她回答完之后，才想起来问："你是谁？"

没有人回答她的问题，她眼睁睁地看着花清泽在她的面前消失了。

现代人电视小说看得多，多诡异的事都能接受，危雅很镇定地放下了外卖，望着阳台的方向，然后关上了阳台门。

桑兮兮拍了拍笑酸了的脸颊，为了搞定甲方爸爸，她不得不一整天赔着笑脸，接受甲方的抨击，绞尽脑汁地想出他们要的"五彩斑斓的黑"。

这活本来不该由她来做的，但是经理也不想面对这个难缠的甲方，就将活丢给了她。

天色已晚，她饿得前胸贴后背，拎着包两眼发直地找地方吃饭。

街头的饭店不少，不过每家都是高朋满座，门外都排着老长的队。

好不容易看到一家门口没人的，她连忙推门进去，只是刚寻了个空位置坐下，就看到了熟悉的脸。

郁哲居然就坐在她的对面，他看到桑兮兮的时候也愣住了："你怎么在这儿？"

"我来出差。"桑兮兮吃惊地问道，"你呢？"

"我来这边办点事。"郁哲轻描淡写地说，"真巧。"

"是啊，真是太巧了！应城这么大，我们居然在一家饭店相遇了。"桑兮兮笑着说。

郁哲看着她，亦微微一笑："一起吃吧？"

"好。"桑兮兮点点头，挽起袖子开始点菜。

菜很快上来了，桑兮兮随手将头发束在脑后，开始吃饭。

郁哲看她动作自然，和他说话时的态度也极自然，还和他吐槽了一阵甲方，便将心里的疑惑问了出来："那天早上，你为什么突然离开？"

"哪天早上？"桑兮兮茫然地问。

隔着袅袅烟雾，她的脸在暖黄的灯火下自带着一层滤镜，郁哲的心跳不由得加速了几秒："就是送你花的那天早上。"

桑兮兮恍然大悟："那天早上我突然想起来有急事，不好意思，忘了说了，谢谢你的花，很好看。"

郁哲笑了笑，她的这句话很礼貌也很虚伪，花瓣都掉光了，哪里好看？不过，他也看出来了，桑兮兮完全没有 GET 到他那天早上送花的用意。

又回到了起点，不过郁哲并不介意，总比一次尴尬的表白好。他笑了笑，放下了筷子看桑兮兮吃饭。

她大概真的只是把他当成普通朋友，大口吃饭毫不虚伪做作。郁哲心里又有点郁闷，这算是好事还是坏事？

吃完简单的晚饭后，桑兮兮长舒了一口气："我终于活过来了。"

郁哲看着她面前被扫荡得干干净净的碗盏不由得笑了起来，他喜欢她这样不矫揉造作的姑娘。

两人一起出了门。

郁哲问道："你要往哪里走？"

"中心街。我订的酒店在那里。"桑兮兮答道。

郁哲很惊讶："我订的酒店也在中心街。"

桑兮兮笑道："不会也是梨子酒店吧？"

郁哲也是一愣："你也住梨子酒店？"

两人都齐齐呆了一下，又一起笑了。这种巧合太不可思议了，空气里有一种奇妙的感觉蔓延。

郁哲含着笑望着桑兮兮提议："我们走过去吧，不算远。"

"好。"桑兮兮点了点头。

夜风吹来一股淡淡的甜味，快到七夕了，沿街的店铺里的灯火都闪着浪漫暧昧的颜色，来往的情侣不断地洒狗粮。到处都是爱情的甜味，隐隐传来卡拉·布吕尼慵懒沙哑的歌声，人的心都化了。

郁哲看着身旁的桑兮兮，彩色的灯火在她身上交织明灭，她的身姿也变得不真实，仿佛一场美梦。

他忍不住伸出手想要牵她的手，可是手刚刚抬起又缩了回去，他怕她拒绝。

如果她拒绝了，该怎么办？

郁哲陷入了纠结，以前想得容易，拒绝就拒绝，好歹尝试过了。可是现在却担心，如果从此桑兮兮不理他了怎么办？

郁哲抬手又放下，反反复复好几次，终于鼓足勇气伸出了手，可是他还未碰到桑兮兮就感到有东西打了一下自己的手。他心里有鬼，急忙缩回了手，向四周看了看，方圆五米之内并没有人。

郁哲纳闷不已，他尝试着再次伸手，手快要碰到桑兮兮的手时，又有东西打了一下他的头。他这次看清楚了，打自己的是头顶上的梧桐树。

他明明看见那棵树的枝条距离自己至少一米高，怎么会突然打到了自己头上？

他抬头看那根树枝，枝条低垂，仿佛早就在那里等着他，是他自己没看见。

郁哲抬头往四处看看，一切都和谐美好，如梦似幻，一棵棵行道树像一把把伞遮住了他们前行的路。不知道为何，他的心里生出了惧怕的情绪，他不敢再牵桑兮兮的手。

也没有足够的时间让他表达爱意，他们已经走到了酒店门口。

郁哲满心遗憾地叹了口气，走进了酒店。

桑兮兮的房间在八楼，郁哲住在五楼，两人在电梯里告别后，桑兮兮拎着东西回到自己的房间。

她推开门的时候，感觉到房间里似乎有人，不由得心里一惊，站在门口往里面一看，里面当真有人！

花清泽懒洋洋地趴在窗边，一只胳膊撑着下巴，一只手落在窗户上。窗子上搭着一根碗口粗细的梧桐树枝，他修长的指尖懒洋洋地拨动着树叶。白色的纱帘随风飞舞，他的身影被光刻成了一幅画。

桑兮兮屏住呼吸，静静地欣赏眼前这幅漂亮又诡异的画，然后打开了灯。

花清泽转过头看着她笑："回来了？"语气云淡风轻，好像等待她回家的人。

桑兮兮瞪着他："你怎么会在这里？"

"我坐高铁来的啊。"花清泽答。

桑兮兮一时语塞，她倒忘了，这家伙是个人，可以坐高铁。

"你跑到这里来干什么？"桑兮兮问，"我不是让危雅照顾你吗？"

"嗯，她很会照顾，一天都没给我浇一滴水，也没让我晒一次太阳，晚上把我扔在阳台上就睡着了。"花清泽满脸委屈，"你看我都不水润了。"

桑兮兮无语地望着他："那你也不该到这里来啊，跑这么远，万一在路上出事怎么办？"她想起了什么似的，"你不是说过了在彻底恢复之前，不再使用超能力吗？怎么又使用了？"

花清泽连忙转移话题："我出现在这里，你不惊喜吗？"

"只有惊吓，没有惊喜。"桑兮兮板着脸。

花清泽见她不笑，干笑了两声："我觉得挺惊喜的……"

桑兮兮瞪了他一眼，他狗腿地起身扶着她在椅子上坐下，给她按肩捶背，赔着笑脸问道："客人，你累了吧？我们小店有全套按摩服务，你想试试吗？"

桑兮兮不由得抿嘴一笑，故意说："有足底按摩吗？"

"有，有！"花清泽忙不迭地应道，他替桑兮兮脱下了鞋，捉住她的一只脚开始按摩。他并不会按摩，只是轻轻揉捏她的脚底。

桑兮兮望着他抱着自己的脚，突然脸上发烧，收回了脚，瞪了他一眼："我要加班，你不要胡闹。"

"客人，我们有全套 VIP 服务……绝不打扰客人。"花清泽见桑兮兮脸色不对，立即改了口。

桑兮兮警告了他一番后，掏出电脑开始干活。花清泽百无聊赖地躺在床上看电视，他把声音调成静音，只看字幕。

桑兮兮对着电脑屏幕发了二十分钟呆，一个字都没写出来，她觉得有哪里怪怪的，可又说不出来。他们平时也在一个屋子里相处，并不觉得怪。可是今天晚上，有点不对劲。

是哪里不对劲呢？她转过头看去，只见花清泽靠在床上，相当安静，见她转过头来，冲着她笑了笑。

他笑起来真好看，桑兮兮竟然在一瞬间感觉心跳骤然加快。

"怎么了？"花清泽见桑兮兮直勾勾地盯着自己，一句话不说，不由得问道。

桑兮兮忙转过头看向电脑屏幕，心跳依然很快。

花清泽走到桑兮兮身旁，关切地问："你怎么了？"

"我没事！"桑兮兮大声地说道，脸颊红红的。

花清泽小声"哦"了一下，准备再次躺着看电视，却被桑兮兮叫住了："花清泽……"

"怎么了？"花清泽站住了，"有什么事吗？"

"你还是变成绿植吧。"桑兮兮说道。

"为什么？"花清泽很茫然。

"你变成绿植也不影响你看电视吧？"桑兮兮问道。

"是不影响，但是……"花清泽很不情愿地看向了身后的大床，他都好久没有睡过床了。

"不影响就变成绿植！"桑兮兮打断了他的话。

花清泽觉得此时的桑兮兮相当不讲道理，他悻悻地挠了挠头，叹了口气变回了绿植。

桑兮兮看见花清泽变成了绿植后才松了口气，她将他放在床头柜边，让他看电视，自己则继续对着电脑努力干活。

文稿没写两行，门外却传来了敲门声。

桑兮兮很纳闷，准备去开门，花清泽对她说："这么晚了，可能是坏人，你小心点。"

"你别动！"桑兮兮按捺住想要变回人形的花清泽，"我会问的。"

花清泽只得作罢，老老实实地在花盆里待着。

桑兮兮走到了门边，提高了嗓音："谁啊？"

"是我。"门外传来了郁哲的声音。

桑兮兮很惊讶，这么晚了，他来干什么？

她打开了门，只见郁哲拎着一个袋子站在门口。

"酒店里没有水，我买了点水。"他将袋子递给了她，袋子里面不仅装有矿泉水，还有水果和小点心。

桑兮兮道了声谢，将东西接过来，顺口问道："多少钱？我把钱给你。"

郁哲一愣："不用，不值什么。"

他瞥了一眼房间里面，只见她的电脑开着，便问道："你还在加班？"

桑兮兮点点头："明天早上就要。"

郁哲笑了笑："那不打扰了。明天你几点的火车？"

"下午四点二十五分。"桑兮兮答道。

郁哲点点头，对她道："好的，明天见。祝你明天早上顺利过稿。"

"谢谢。"桑兮兮举着袋子笑得很甜。

郁哲走后，桑兮兮将东西放在桌子上，准备继续奋战。

花清泽却不安生了，他先是恢复了人形，走到桑兮兮身旁看了看塑料袋里面的东西，一脸嫌弃地说："这些水果都不新鲜了，你要是想吃，我给你弄新鲜的。"

桑兮兮停下敲键盘的手，扭过头说："你再敢用超能力试试？"

花清泽嘿嘿一笑："这不是怕你吃到不新鲜的水果吗？别的不敢说，新鲜水果、蔬菜什么的，保证供应啊。"

"我什么都不吃，你别在这里捣乱了，去，到那边去，我要赶稿子，不要说话打断我的思路。"桑兮兮义正词严地说道。

"知道了，知道了，这么凶，一点都不温柔。"花清泽嘀嘀咕咕地抱怨道，"像你这样凶的女人，谁会喜欢啊？"

桑兮兮白了他一眼："又不用你喜欢，你管那么多干什么？"

花清泽贼兮兮地抿着嘴笑道："你要他喜欢吗？"

"他？"桑兮兮不解地问，"哪个他？"

花清泽从袋子里面取了一个桃子放在掌心里揉："就是他啊。"

"你说郁哲？"桑兮兮恍然大悟。

"对啊。"花清泽歪着头看着她，"他和你的关系好像很不错哦。"

桑兮兮点点头："他是个很好的人。"

花清泽等了半天没等到桑兮兮接下来的话："没了？"

"什么没了？"桑兮兮正在翻阅资料，被花清泽问得莫名其妙。

"就是你说的，他是个好人，就没有了吗？"花清泽追问。

"没了啊，还有什么？"桑兮兮抬头看了他一眼。

花清泽的脸上飞快地闪过一抹可疑的笑容："那么，如果郁哲向你表白的话，你不会和他在一起了？"

"表白？他怎么会和我表白？"桑兮兮白了他一眼，"他只是我的朋友而已。"

"如果他不把你当朋友呢？"花清泽依然不肯放过她。

"花清泽同学，请你老老实实地去当一棵树，不要在这里捣乱了，我还要赶稿子。"桑兮兮起身撵他，"如果你再啰唆，我就把你扔到门外去。"

　　花清泽一边往花盆边走，一边还追问个不停："他如果喜欢你，你会和他在一起吗？"

　　"闭嘴！"桑兮兮拿起个纸筒将他罩了起来，"我只会和我自己喜欢的人在一起！"

　　花清泽终于安静了，老老实实地待在黑暗里，可是他的心里却亮着一束光，透过纸筒照在电脑前的那个人影身上。

♥

第九章

风会把愿望吹到你家

Congtian er jiang
Niainshang

第二天的工作异常顺利，甲方爸爸突然之间态度变得非常好，连声赞扬桑兮兮的稿子写得好，工作出人意料地提前结束了。

时间尚早，桑兮兮本打算改签车票提前回去，可是其他车次的票都卖完了，她索性在应城逛一逛。

应城是一座古都，历史上曾多次在此地建都，是一座极有韵味的城市。

未拆除的城墙围着现代的摩天大厦，护城河碧水如黛，上面架着一座座现代化的钢铁大桥。现代文化与古代文化在此交融，时光打了个圈，将一切交织成一个点，身穿西装革履的人和身着华彩飘逸的汉服的人在街头相遇。

飞檐斗拱掩映在绿柳红花当中，灰瓦白墙上挂着彩灯招牌，有着电动马达的游船载着游客穿过悠悠流淌了千年的长河。

两岸青砖夹岸，垂柳依依，古刹传来悠悠钟声，桑兮兮闭上眼睛，静静地感受河风扑面而来，温润潮湿，很舒服。和 B 城的干燥完全不同。

就在她迷失在挂满风铃的长桥边时，又看到了一个熟悉的身影。郁哲正站在桥上挂许愿牌，他抬起胳膊仔细地将一枚通透小巧的玻璃风铃系在上面，风铃的下端还挂着一块木制的许愿牌。

桑兮兮走到他身旁笑道："你许了什么愿？"

郁哲微微一惊，转头看见桑兮兮，一把握住了许愿牌："又遇见了，真是太巧了。"

"是啊。"桑兮兮笑道，"两天之内我们偶遇两次了，真是太巧了。"

郁哲轻笑一声："你要许愿吗？听说在这里许愿很灵的，风会把愿望吹到家。"

桑兮兮抬头看了看，桥的两边牵着两根长绳，绳子上面密密麻麻地挂着两排风铃。风正急，所有的风铃随风晃动，发出清脆好听的声音。

桑兮兮看到许愿牌上写下粗粗细细的心愿，大多数都是与爱情相关的，看来这里是情侣最爱的胜地之一。

"你许的是什么愿？"

郁哲笑了笑没有回答，风将他的许愿牌吹得老高，桑兮兮看不到上面的字："不会是和狗子有关的吧？"

郁哲反问："你想许什么愿？"

桑兮兮歪着头想了想："希望小动物们都能好好的，垃圾少一点，气温上升慢一点，所有生物能好好地一起活下去。"

郁哲愕然，旋即笑了："好愿望。"

桑兮兮亲手写完了愿望，郁哲帮她把风铃挂在了自己的风铃旁。风声很大，风铃在风中摇摆，清脆的声音随着风飞向了云霄，古刹钟声在此刻响起。桑兮兮抬头望向天空，双手合十，虔诚许愿。

郁哲和桑兮兮一起在古刹里逛了一圈，又一起攀上了城墙。

"应城真是个好地方。"桑兮兮站在城墙上眺望远方，"我快要爱上这里了。"

"那 A 城呢？你喜欢 A 城吗？"郁哲问道。

桑兮兮认真地说："喜欢，我特别喜欢那里，喜欢那里的老城墙、胡同，喜欢那种特别的韵味。那里和这里很相似，又很不一样。"

"听说 A 城是仿照应城修建的，所以两地有很多的名字都一样。"郁哲说，"可是现在 B 城才是中心城市。"

"谁是中心城市又有什么关系？自古以来中国有好多个中心城市，都曾经繁华过，这就足够了。"桑兮兮靠在城墙边看着远方，"当下才是最重要的。"

"你以后会留在 B 城吗？"郁哲又问。

桑兮兮想了想说："可能会吧。"

郁哲点点头："我也会一直留在那里，我就是在那里长大的。"

两人都朝着远处望去，碧柳白墙，互相映衬。

郁哲笑道："听说扬州也是这样一个地方，很有风韵。我想以后抽空去看看，你会去吗？"

桑兮兮连连点头："好啊，下次有机会一起去。"

到火车站的时候，时间刚好。

桑兮兮本想让花清泽自己买票坐车，可是花清泽的理由很正当，没车票了。她只好让他变成一盆绿植，拎着他一起上火车。

郁哲发现桑兮兮手里还是捧着那盆绿植，终于还是忍不住问："这是你家里那盆绿植吗？"

桑兮兮点点头："是的。"

郁哲沉默了片刻，不知道该说什么好。桑兮兮对这盆绿植的热爱已经完全超出了他的预期，谁见过出差还要带盆绿植的？反正他是没见过。

今天的乘客特别多，站台上挤满了人，桑兮兮很小心地将绿植护在手里，生怕他一个不小心被挤掉了。可偏偏有乘客急着赶车，拖着大件行李，往前赶路的时候，一不小心推了桑兮兮一把。

桑兮兮一个趔趄，摔倒在地，身上的包飞出老远，花盆却奇迹般地被她护在身下，没有摔落。她顾不得疼，坐在地上看花盆，刚要问花清泽，花清泽先开了口："疼吗？"

"我没事。"桑兮兮飞快地说，"你有事吗？"

花清泽还没来得及回答，郁哲已经从隔壁的队列里赶了过来，捡起她掉落的包，拉她起身。

"没事吧？"

"没事，没事。"桑兮兮忍着疼。

郁哲瞪了一眼那个将桑兮兮推倒在地的人，那名乘客脸色骤变，结结巴巴地说："对不起，我刚才没看见。"

"算了，算了，我没事，你先走吧。"桑兮兮摆了摆手。

那名乘客如蒙大赦，拉着行李一溜小跑，生怕他们还会叫住他。

郁哲看了看桑兮兮，她虽然说没事，可是走起路来一瘸一拐的，便替她拎着行李，扶着她上车。

桑兮兮再三推辞都没用，郁哲陪着她一起上车，将她送到了座位上。

桑兮兮觉得自己给他添了许多麻烦，连声向郁哲道谢："谢谢，我真没什么的，你快去你的车厢吧。"

郁哲却没有离开，而是等着她身旁座位的乘客上来后，对他说："麻烦你，我想和你换一下位置。"

对方看了一眼郁哲，又看了一眼他的车票，二话不说便拎着行李往隔壁车厢走去。

桑兮兮有点傻眼，他买的是一等座，却换到了二等车厢来坐。

"这样不好吧？"

"那不然怎么换，别人也不会用一等座和你换位置的。"郁哲一边说，一边坐在她的身旁。

她记得郁哲的经济情况不大好，怎么会买一等座？可又不好意思八卦。

倒是郁哲先猜出了她的疑问："我没买到二等座的车票。"他的话言简意赅，并没有表达出他为了和桑兮兮坐同一趟车，特意买了这趟车的用意。

桑兮兮果然没有领会到他的用心，只是向他表示感谢："谢谢，真是不好意思。"

"不用再道谢了，一点小事不要总是挂在嘴边，好像你欠了我很大的人情一样。"郁哲说，"我不喜欢这样，感觉很生分。"

桑兮兮没有再道谢："郁哲，你真是个很好的人。"

郁哲的脸上浮起一抹浅笑："我知道。"

路程并不短，高铁需要行驶五个半小时。往常郁哲都会一路看小说打发时间，今天他不想这么做了，他决定和桑兮兮好好聊天。

他并不擅长聊天，想了半天才斟酌出一个话题，他问桑兮兮："这是棵什么树？"

桑兮兮一愣，她并不知道答案，也从未问过花清泽。花清泽幻化的绿植模样和别的绿植都不同，枝干并不粗壮，短短一截，倒是长得枝繁叶茂的，只是叶子的形状也是相当随机，有时候是五爪枫的形状，有时候是椭圆形小叶，有时候是心形叶片，实在不是一棵可以用常理推断的树。

郁哲见桑兮兮不回答，自己猜了个答案："发财树？"

桑兮兮看了看树叶，此时树叶的形状是张开的手掌形状，的确很像是发财树的样子，便含含糊糊地点点头。

"你为什么这么喜欢这棵树？"郁哲问道。

桑兮兮信口胡诌："听说发财树养得好，就会发财。"

"啊？"郁哲愣住了，"发财？"他没想到桑兮兮这么宝贝这棵树的原因竟然是为了发财。

桑兮兮胡乱地点头，她将花清泽放在面前的小桌板上。

郁哲笑了笑："你很想发财吗？"

"何以解忧，唯有暴富嘛。"桑兮兮脱口说出危雅的口头禅。

郁哲没说话，心绪有点复杂。他一直以为桑兮兮和别的女生不一样，想不到变本加厉到如此地步，居然还迷信一棵树。那个在烈日下帮他做狗窝充满爱心的女孩子和这个痴迷金钱的女孩子居然是同一个人？

他转念一想，这年头有谁不爱钱呢？她有爱心和她喜欢金钱并不矛盾。

说服了自己后，郁哲便点点头，顺着桑兮兮的话说："你暴富后想做什么？"

桑兮兮从未想过这个问题，她歪着头想了一阵说："做个污水处理中心、垃圾回收中心、嗯，还有野生动物保护中心。"

郁哲的心里一阵感动，他原以为她的梦想会是豪宅、名车、奢侈品，想不到却是这些，他的嘴角浮起一抹笑意："桑兮兮，你真是我见过的最特别的女孩子。"

桑兮兮一怔，她一向神经粗壮如牛，属于铁锹撩不动。曾经有人尝试追求她，可是她却全然无法领会对方的意图，只能让人悻悻而去。平常听这话并没有什么感觉，此时她却突然想起昨天晚上花清泽的话，心里有了点怪异的感觉。她缓缓低下头，假装整理耳边的鬓发，心里有点慌乱："你见过许多女孩子吗？"

郁哲被反问，讪讪道："没有……"想了想又补了一句，"就你一个。"

桑兮兮闻言大笑："就我一个，那算什么特别？"

"对啊，你就是唯一的那个。"郁哲脱口说道。

桑兮兮的脸微微泛红，没有回答。气氛变得暧昧起来，两人虽然都没说话，心情却都很微妙。郁哲拿出了事先准备好的橘子递给桑兮兮。

桑兮兮道了声谢，接过了橘子，只是她刚剥开了橘皮，就看到里面的果肉泛着斑驳的颜色，一团霉烂。

郁哲一愣，忙从桑兮兮手中夺回橘子，另外换一个递给她。

桑兮兮又剥开了橘皮，里面的果肉也是一团霉烂。郁哲傻了眼，他将买来的橘子一一打开，里面全是坏果。

"这是怎么回事？表面上一点问题都没有啊。"

桑兮兮心下了然，这肯定又是花清泽在搞鬼。她暗自捏了一把树叶，低声警告他："你再捣乱浪费食物，我就把你一起扔进垃圾桶。"

郁哲没听清桑兮兮的话，他正为自己买了一堆烂橘子感到郁闷。这时，桑兮兮将他面前的橘子全都收了过来，对他笑眯眯地说："我给你变个魔术。"

"什么魔术？"郁哲好奇地问。

"待会儿只要我的手一挥，这些橘子就都会变好的。"桑兮兮笑眯眯地说道。

郁哲不信："这怎么可能？"

桑兮兮扫了一眼花清泽："要不怎么说是魔术呢？我这个魔术很厉害的，是不是啊？"

花清泽很不情愿地抖了抖枝条。

郁哲很纳闷，不知道桑兮兮问谁。

桑兮兮看花清泽同意了，便做出夸张的手势，朝那堆橘子一挥。郁哲的眼睛都没有眨，只看见那堆烂橘子在她的手抚过的时候变成了饱满新鲜的橘瓣。

郁哲看傻了眼，桑兮兮朝他一笑，将橘子递给他："你尝尝看。"

郁哲拿着黄澄澄的橘子，实在是不敢相信自己所看见的一幕："桑兮兮，你不会有魔法吧？"

桑兮兮故作深沉地说道："这是个秘密，小点声，不要被人听见了。"说完她将橘子送入了口中。

郁哲愣了半天，拿起橘子送到了口中，甘甜的橘子轻轻一咬就破皮，满口甜香。

郁哲怀着震惊的心情吃完了橘子，他对桑兮兮的兴趣更浓了，她的身上有许多他看不透的地方，看起来简单，却又神秘。

他很有兴致地向桑兮兮询问起她是怎么变的这个魔术，据他所知，这不可能是任何魔术可以办到的事。

桑兮兮只是笑着搪塞。就在郁哲追问得最厉害的时候，郁哲却感到了一阵困意，他打起了哈欠。困意一阵阵袭来，眼皮都粘在一起睁不开，他费力地想说话，却只是靠在椅子上，两秒钟后陷入了梦乡。

桑兮兮惊讶地看着郁哲突然睡着，低头问花清泽："你在搞什么鬼？"

"我在帮你解围啊。"花清泽无辜地回答。

桑兮兮一阵无语："这算什么解围方式？"

"那你打算回答他，你是如何把坏橘子变好的吗？"花清泽反问，"这没有任何科学道理，普通人也做不到这件事。"

桑兮兮无话可说："还不是怪你，故意把橘子都变成坏的。"

花清泽装傻："我没有啊，你别乱说，不是我。"

桑兮兮白了他一眼："不是你才有鬼，花清泽，你干吗老是针对郁哲？"

花清泽坚持装傻："我没有针对他。"

"你少来，他给我送的花，你故意弄坏；他买的水果，你也故意变烂。你到底为什么这么做？"桑兮兮抓紧了花盆逼问。

她低垂着脸颊，因为怕被人听见，所以贴到花盆旁边小声说话。树叶贴在她的脸颊上，痒痒的。

花清泽一直没有回答她，她心念陡转，忽然明白了什么。她松开了花盆，靠在椅背上，暗想：他不会喜欢自己吧？

桑兮兮觉得自己有点想多了，这年头什么事都可以随便想，唯独感情这件事不能想太多。

虽然年轻人之间互相表白，开玩笑的事常有，可那都掩藏了真心。越是口里肆无忌惮的人，其实越害怕担心，怕自己会错了意，表错了情。

她开始回想和花清泽在一起的点点滴滴，越想越觉得好笑。

花清泽见她笑得厉害，纳闷地问："你笑什么？有什么好笑的事？"

桑兮兮连连摇头，只是捂着嘴笑，花清泽更加纳闷："到底有什么事这么好笑？"

桑兮兮一直不肯回答，花清泽有点气恼，趁着无人注意用树枝挠她。

桑兮兮笑出了眼泪，终于引起了身后座位上的人的注意。

坐在身后的男子从椅子缝隙里面朝前看了又看，神情变得凝重起来。他深深看了一眼桑兮兮，目光定在了花清泽的身上。

火车到达 B 城的时候，郁哲才被桑兮兮叫醒，他不敢相信自己睡了一路，之前的记忆也有点模糊。

"我怎么睡着了？"

"可能太累了吧。"桑兮兮笑着说。她抱着花盆准备下车，身后的乘客也和她同时站起身，望向了她手里的花盆。

桑兮兮浑然不觉，抱着花盆继续往前走。那名乘客侧着身从她旁边挤过，她向一旁让了让，不自觉地抬头看了他一眼，当即吓了一跳，竟然又是那个貌似中国龙组的人！

桑兮兮顿时紧张起来，她连忙将花盆抱好，往后退了几步，警惕地看着那个人。

那人扫了她一眼，不动声色地往前走，先一步下车。

郁哲见桑兮兮行动诡异，不免疑惑："怎么了？"

桑兮兮往他身边靠了靠，警惕地望着列车出口，生怕刚才那人还守在那里。

"你在躲什么人吗？"郁哲察觉出她的不对劲。

"没有，没有。"桑兮兮口中没有承认，人却躲在了郁哲的身后，探出个脑袋朝外看。

郁哲更加纳闷："到底怎么了？"

桑兮兮确认那人远去后，这才跟着人群一起下了车。

回去的路上，郁哲心事重重，他见桑兮兮一路上东张西望，十分担忧她的情况："桑兮兮，你得罪什么人了吗？"

桑兮兮头摇得和拨浪鼓一样，郁哲见她不说，更加担忧："你要有什么事情，千万别瞒我，我可以帮你。"

“管好你自己就行了！”桑兮兮还没想好怎么回答，花清泽却先忍不住了。

郁哲以为自己听错了，向四周看了看，四周再无旁人，他疑惑地望向了桑兮兮。

桑兮兮硬着头皮装傻："怎么了？"

"刚才不是你说话吗？"郁哲问。

"没有啊，我什么都没说。"桑兮兮连忙否认。

郁哲纳闷极了："奇怪，我这是怎么了？怎么会出现幻听？"

"你肯定是累了，赶紧回去休息吧。"桑兮兮催促他回去，"狗子们在家等你呢。"

郁哲得不到答案，只得怀着满心的疑惑回家。他沿着直线走了两步又停下来对桑兮兮说："如果有什么需要我的，一定告诉我。"

"好的！"桑兮兮怕花清泽再次开口，抢先答得响亮。

和郁哲分开后，桑兮兮小声地骂花清泽："你是想让人发现吗？"

花清泽不以为意："郁哲老是说那些没用的废话，我怕你听着烦。"

"人家是好心，怎么就没用了？"桑兮兮只恨树枝柔嫩不能下手，想来想去狠狠捏了一下一片树叶以作惩戒。

花清泽却故意"哎哟哎哟"叫得很大声，桑兮兮心软，松开了树叶。

花清泽见左右无人，幻化成了人形。他还是一副人畜无害的样子，从桑兮兮手里拿过了花盆："你辛苦了。"

桑兮兮白了他一眼："还不都怪你，不好好当一棵树，到处乱跑，被中国龙组的人发现了吧！"

花清泽却很轻松惬意地说道："那不是中国龙组的人。"

"什么？"桑兮兮疑惑地望着他，"你怎么知道？"

"我就是知道。"花清泽笑嘻嘻地说，"你只管把心放在肚子里吧，没有坏人。"

桑兮兮愣了半晌，她为他担心得要命，他却这般自在惬意，这到底是什么世道？

她有点生气，转身要走，花清泽忙跟了上去："好好的，你怎么又生气了？"

桑兮兮脚步飞快："既然你没有危险，就赶紧走吧，留在我这里干什么。"

花清泽加快了脚步追上她："别这样啊，没有中国龙组，也可能有其他的危险。"

"你能有什么危险？你是'花侠'，你会超能力！有谁能阻拦你？"桑兮兮气呼呼地说。

"你不是不让我用超能力吗？"花清泽可怜巴巴地说。

"我说不让你用，你就不用了吗？"桑兮兮叉腰瞪着他，"今天是谁故意把橘子变坏的？"

花清泽干笑一声："不是又变回来了吗？这只是个玩笑而已。"

"花清泽，你到底想不想恢复正常了？"桑兮兮怒道，"你就打算一辈子都这样吗？一会儿用超能力，一会儿就变成一棵树，你不是说你要去上班吗？你还要不要做你的研究了？"

花清泽哀叹了一声："想……"

"那你现在这样到底是什么意思？"桑兮兮望着他。

花清泽一时无言，过了一会儿，才低声说道："我保证不用超能力了。"他的声音很小，像个犯错的小孩。说完这句话后，他身体微微晃动，又变回了绿植。

桑兮兮将绿植捡起重新放入了花盆里，抱着花盆继续往家走。这时她恍惚听到了一句话："你就这么着急赶我走吗？"

她疑惑是花清泽说的话，可是低头看去，花盆里的花清泽老老实实的，并没有动静。

不远处的街角，路灯照不到角落里，一道黑影立在暗处，静静地望着桑兮兮远去的背影，许久后才离开……

花清泽自那天后真的老老实实，再也没用过超能力，像一棵安静的树苗，连话都不和桑兮兮说。

桑兮兮感觉清静了两天，反而不习惯了。她倏然发现不知不觉中，她已经习惯了花清泽在身旁吵吵闹闹，惹是生非。虽然她总被他气得跳脚，但是那吵吵闹闹的日子热闹而有趣。

她忍不住主动和花清泽说话："花清泽，你看见那只鸟了吗？飞得好高啊。"

花清泽没有吭声，桑兮兮又指着阳台上一朵蓝色的花问他："咦，这是什么花？"

花清泽还是不说话，桑兮兮很无奈，这种情况已经持续好几天了，她都有点怀疑花清泽还在不在了。

"花清泽，花清泽。"她捧起花盆仔细地看，"你还在不在？"

花清泽没有说话，桑兮兮举着个花盆站在阳台边一会儿指天，一会儿指地，一惊一乍地吸引花清泽的注意。

然而，花清泽依然一言不发，在阳光下舒展树叶，像一棵真正的树一样进行光合作用。

阳光下的树叶碧绿青翠，脉络清晰可见，像一块雕工精湛薄透的翠玉，好看得令人着迷。

桑兮兮正看得入迷，不防危雅从身后突然出现拍了一下她的肩："桑兮兮，你在干吗？"

桑兮兮的手一抖，险些将手里的花盆扔了出去。她赶紧抱住花盆，惊魂未定地看着危雅："你，你……"

"你怎么吓成这样？我今天的妆难道化得有问题？"危雅赶紧拿出镜子仔细地照了照自己的脸，"没什么问题啊。"

桑兮兮小心翼翼地抱着花盆，试图从她身旁溜走，却被危雅再次叫住："你跑什么啊！"

桑兮兮站住了，假笑道："那个，我还有点工作要做。"

"桑兮兮，你最近好奇怪啊。"危雅的眼睛朝下一望，落在了花盆上，"这盆树是不是有什么特别的地方啊？"

"树有什么特别啊，就是一盆绿植而已。"桑兮兮心里"咯噔"一响，不由得将花盆抱得更紧。

"你天天抱着它，上班带着，下班也带着，好像还经常对它说话，到底是为什么啊？"危雅逼问。

"啊，我是在进行一场实验。"桑兮兮信口胡诌。

"实验？什么实验？"危雅疑惑地望着她。

"你知道之前有个新闻吗？就是同样两棵树，对着其中一棵每天赞美，另外一棵天天咒骂。过了一段时间后，被天天赞美的树就越来越好看，而被骂的树就变得萎靡不振。"桑兮兮说。

危雅茫然地望着她："所以呢？"

桑兮兮指着花盆，露出了笑容："就是这样。"

危雅愣愣地望着花盆里的绿植，并没有完全明白桑兮兮的话。

桑兮兮趁危雅被绕晕，赶紧抱着花盆离开。

下班后，桑兮兮抱着花盆去买菜。

今天她下班格外迟，赶到菜市场的时候，已经收市了，好不容易找到一家卖菜的摊位，也只剩下一点不大新鲜的蔬菜。

她没有选择，只能尽量在这些剩下的菜里选了一些相对能吃的放进了布袋里。她看了一眼花清泽，之前他总是给她弄出新鲜好吃的蔬菜，她都好久没在菜市场里面买过这种菜了。

她有点生气，又觉得自己生气得没道理，闷闷地又给小幸买了点肉，就往家的方向走。

突然听到有人叫她，她停下来转头一看，只见郁哲拎着一大包肉走了过来。

"好久不见。"桑兮兮笑着向他打了个招呼，"给狗子们买吃的吗？"

郁哲点点头，问道："最近你怎么没有遛狗？"

"最近比较忙，换了个时间。"桑兮兮答道，"等过几天忙完了，我去看看狗子们。"

"好。"郁哲含笑点头，"你最近还好吗？"

"挺好的。"桑兮兮点头。

"那天那个人……"郁哲担忧。

"那天是我搞错了。"桑兮兮连忙解释，"只是一场误会而已。"

郁哲长舒了一口气："那就好，我这几天一直很担心你。"

桑兮兮讪讪笑道："我没事。"

郁哲望着她的笑脸，如往常一样温暖。他看着她，两眼自带滤镜美颜，头脑一时发热："我有件事想和你说。"

"什么事？"桑兮兮疑惑。

"我，我想请你……"郁哲的话还没说完，感到手里的袋子晃动，低头一看，不知道几时跑来了一只流浪狗，对着他的一袋肉虎视眈眈，上下其爪。

郁哲望着狗，这狗瘦骨嶙峋，但是精神不错，一身黄毛，耳朵尖尖地立着，一双眼睛清澈见底。狗也抬头看着他，四目相对，郁哲情不自禁地喊了一声："阿黄？"

狗眨了眨眼，"汪"地叫了一声，似乎接受了这个名字，又抬起小爪子碰了一下袋子。

郁哲打开袋子拣了一块肉递给它，它张开嘴，用牙齿尖轻轻咬肉，试了试放弃了，往后退了一步，两只眼睛盯着肉，尾巴摇个不停。

"它为什么不吃？"桑兮兮问道。

郁哲将肉放在掌心里，半蹲在地，招呼狗子吃："它怕咬伤我。"

狗子迟疑了一会儿，还是走上前来，在他的掌心里叼起了肉狼吞虎咽。

桑兮兮看得震惊："你要带它走吗？"

"碰到了就是缘分。"郁哲专注地望着狗，"吃了我的肉，就做我的狗。我觉得这个世界之所以复杂，就是大家的想法太多了，远不如狗简单，喜欢就摇尾巴，不喜欢就叫，很简单。"

桑兮兮觉得郁哲的话似乎带有深意，正默默地细想，就听到郁哲说："我是个像狗一样简单的人，所以我现在向你摇尾巴，你看见了吗？"

"啥？"桑兮兮目瞪口呆地看着郁哲，头脑里面一片空白。几秒钟后，她才反应过来，郁哲是向她告白。

桑兮兮做梦也没想到自己有天会拎着一包半蔫的蔬菜，抱着一盆绿植站在菜市场里被人告白，这画面的生活气息相当浓郁了。而且这句告白的内容，实在是一言难尽，她心里有种说不出的怪异感。

一切都和她的少女心背道而驰，最重要的是，她对郁哲真没有那种想法。

桑兮兮琢磨着该怎么对郁哲说才好，她不忍心伤害他，更不想因此失去这个朋友，想了半天，轻轻地对郁哲"汪"地叫了一声。

声音不大，郁哲的心里却不啻于惊雷闪过，愣愣地望着桑兮兮，一时没回过神。

"对不起。"桑兮兮满怀歉疚。

"没关系。"郁哲在桑兮兮充满歉意的神情里知道了答案，勉强挤出一抹笑容，"谢谢你坦白地告诉我了。"

桑兮兮欲言又止，郁哲忙道："你不用给我发好人卡了。"

他顿了顿又问："我们还会是朋友吗？"

桑兮兮连连点头指着狗说："我会帮它做狗窝和垫子的。"

"谢谢。"郁哲的笑容掩饰不住地落寞，"我先带它回去了，下次见。"

"好。"桑兮兮也觉得现在彼此分开比较好。

郁哲对黄狗招了招手："阿黄，我们走。"

黄狗当真跟在他身后一路小跑，跟着他一起离开了。

♥

第十章

桑兮兮，你对我真好

Congtian er jiang
Nixinshang

桑兮兮想着郁哲的神情，心里有点歉疚。郁哲一直对她很好，而且是个真好人，她不想伤害他。

但是她总不能因为他是好人，就勉强和他在一起吧？这样对他和自己都不负责任。

桑兮兮心事重重地一路往回走，她想得太入神，没有看路，一辆车子从她面前过，差点撞向了她。

就在这个时候，突然有东西猛然拉住了她。不等她反应过来，就看见一辆汽车贴着她面前开过，距离很近。她听到了"咔嚓"一声，有什么东西破碎了。

桑兮兮吓了一大跳，这才清醒过来，她发现布袋里面的蔬菜破袋而出，芹菜长出了碧绿的根茎挡在了她的前面，豌豆长出老粗的藤，将她的身体拉住。那个破碎的东西，正是挡在她面前的芹菜。

她惊魂未定，看着眼前那团被挤碎的芹菜心里一阵阵后怕，如果这是她胳膊的话……

"兮兮！桑兮兮！"她听到了一阵呼唤她的声音，低头朝着怀中的花盆看去，花清泽的声音自花盆里传出，她还没来得及回话，花盆里的绿植消失了。

花清泽出现在她的身旁，满脸都是担忧的神色，他白皙修长的双手握住她的肩膀轻轻摇晃："桑兮兮，你没事吧？"

桑兮兮呆呆地抬头看着他。他比她高，逆着光她看不清他的脸庞，却在心里清晰地印出他眉眼的模样。他焦灼的声音在耳畔一直响，见她一直不说话，他急得上下打量她，看看有没有受伤。

桑兮兮这才渐渐清醒："花清泽！"

花清泽见她终于开口，喜不自禁："桑兮兮，你没事吧？有没有觉得哪里痛？"

桑兮兮连连摇头："我没事。"

花清泽这才松了口气："那就好，那就好。"

桑兮兮指着芹菜和豌豆藤，刚要向花清泽道谢。花清泽却想起了桑兮兮不许他使用超能力的事，立即松开了她的手，变回了绿植。

桑兮兮愣住了，她对着绿植连声唤道："花清泽，花清泽？"

花清泽如同坐定老僧，一声不吭。

桑兮兮着实不明白花清泽为何前后态度差异如此大，倒叫她疑心自己刚才是做了一场梦吗？她再看看地上的蔬菜，它们都变回了原来的样子，只是袋子破了，芹菜碎了，豌豆也洒了一地。

桑兮兮愣了好久，将地上残破的蔬菜收拾好。这下子彻底不能吃了，她按照分类将它们丢进了垃圾桶里，正打算两手空空地回家，却鬼使神差地遇见了危雅。

桑兮兮惊愕不已，危雅是个从来不会下厨的人，怎么会出现在菜市场附近？

危雅与她打了个招呼，用假得不能再假的语气说："好巧啊，你怎么在这里？"

桑兮兮答道："我买菜，你怎么在这里？"

危雅笑着说："我也来买菜。"她说是来买菜，却两手空空，眼睛望着桑兮兮手里的花盆，"你还真是爱树如命啊，连来买菜都带着它，也不嫌累。"

桑兮兮觉得危雅的眼神有点不对劲，仿佛对她怀里的花盆很有兴趣。

果然，危雅向她伸出了手："你这到底是什么树啊？你这么宝贝？"

桑兮兮抱紧花盆，往后退了一步避开危雅："没什么，就普通的绿植而已。"

危雅看了一眼桑兮兮的动作，有点不高兴："你以为我会抢你的树？"

桑兮兮讪笑一声："没有啊。"

危雅冷冷地说："真没想到你是这样的人，枉我一直把你当朋友，你呢？连棵树都不让我看，哼！我们这友情连塑料都不如，大概是纸做的吧！"

桑兮兮越发尴尬，危雅是她为数不多的朋友。在如今的这个世道里，朋友算是珍稀物种，每个人都活在自己的小宇宙里，与他人泾渭分明。大多数人都按照不同的关系分为类目清晰的"同事""同学""饭友""狗友""抖友"等，唯有"朋友"两个字却显得模糊。

危雅和她是两类人，她第一眼就明白，这个漂亮精致充满时尚感的女孩子，和她这种森女环保风格的女孩子原本是不搭界的。

某日早晨，她上班赶到公司楼下时，电梯门即将关闭，她正失望地准备等候下一班电梯时，危雅按住了电梯，对她招手。

她急忙冲进了电梯，对危雅连声道谢。危雅笑出了声："你干吗呢？搞得这么认真，这么小的事，值得你费那么多口水吗？"

她讪讪地笑，危雅看她这样笑得更厉害，说："你是新来的吧？怎么这么容易害羞？刚毕业吗？"

她点点头，危雅摆出大包大揽的姿势对她说："你跟着我吧，我带你混，保证你不会吃亏的。"

危雅说到做到，真的对她格外照顾。她刚刚毕业，新人初出江湖，对很多东西都不明白，危雅便当了导师，帮她指点迷津，让她很快适应了社会。

那时候，在桑兮兮心里，危雅是浑身发光的职场女强人，是她的偶像。

"不是的……"桑兮兮尝试着向危雅解释。

可是危雅冷冷淡淡地看了她一眼，转身就走，态度决绝而冷漠。

桑兮兮心里一阵难受，今天莫非水星逆行，怎么这么倒霉？

桑兮兮回到家中，给小幸煮了饭，自己却没有心情吃晚饭，情绪低落地躺在沙发上，不到片刻的工夫睡着了。

她做了个梦，梦见花清泽出现了。他站在她身旁看了看她，给她盖了被子，然后走到旁边的柜子打开了柜门，拿起了一包零食悄咪咪地吃。

嗯？桑兮兮陡然觉得不对劲，她透过胳膊的缝隙向前看去，当真看见花清泽在啃一包牛肉干，不但自己啃，还和小幸一起分享，一人一狗背对着她蹲在柜子旁边啃得津津有味。

她缓缓坐起身，悄悄走到他身后问道："好吃吗？"

花清泽点头道："挺好吃的，就是有点干……"

他突然意识到什么，猛然转过头看着她，将嘴里的牛肉干猛嚼几下吞了下去。

小幸也被吓了一跳，见桑兮兮的脸色不对，很识趣地叼着牛肉干躲到一旁继续奋斗。

花清泽咽了一口口水，将牛肉干递给桑兮兮："你吃吗？味道不错。"

桑兮兮看了看那包被消灭了半袋的牛肉干问道："你不是树吗？怎么还要吃东西？"

花清泽严正抗议道："说了很多回了，我是人，吃东西不是很正常吗？"

"你之前不都是进行光合作用就可以了吗？"桑兮兮还是不理解，"为什么现在要吃东西？"

花清泽幽怨地说："我本来就一直可以吃东西的，但是你一直没让我吃。"

桑兮兮一阵无语，难道这是她的错？他也没说过啊！她怎么会知道？

花清泽哀怨连连："我都一个多月没吃过饭了，我容易吗？"他的眼睛原本就好看，目光含幽带怨，眉宇间净是委屈。

桑兮兮沉默了片刻："那我以后给你浇点肉汤？"

花清泽被噎住了："那倒不必了……"

桑兮兮看他一副可怜相，又看了看零食柜子里，只见不少零食都被干掉了，可见这家伙偷摸着背着自己吃过好多回。

"要不要给你煮碗面？"

花清泽眼前一亮，连声答应："要，要！"

家中食材不多，还是动用了小幸的食材，才做了两碗肉丝面，还煎了两个荷包蛋。

花清泽看了一眼面条，连声称赞味道香，又拿出了两根碧绿的葱切成末洒在上面。

桑兮兮不用猜也知道这两根葱的来路，她没有吭声，这时候实在说不出不让他使用超能力的事。

两人一起坐在桌前吃饭，花清泽吃得有滋有味，三两筷子就见底了，连汤也没放过，一边吃还一边赞扬美味。

桑兮兮还没来得及动筷子，见他吃得这么香，又将自己的碗推到他面前："我还没吃，你吃吧。"

花清泽看着面条咽了一口口水，他很想吃，但想到桑兮兮没吃晚饭还是拒绝了："不用了，我已经吃饱了。"

桑兮兮看着他的神情，分明很想吃，可是又不好意思，便将他的碗拉了过来，夹了一半的面到他碗里："帮我吃一半吧，我吃不了这么多。"

花清泽看了看她碗里的面条，只有小半碗，他分明记得她的饭量不止这么少。

"你吃这么少，够吗？"

"我不饿。"桑兮兮夹了一筷子面条送到嘴里，味道出人意料的好。

花清泽没有吃，突然上前抱住了桑兮兮，吓了桑兮兮一大跳。

"你怎么了？"

"桑兮兮，你对我真好。"花清泽鼻涕一把眼泪一把，哭得稀里哗啦，"自己不吃留给我。"

桑兮兮很无语，就一碗面而已，不至于感动成这样吧？

"桑兮兮，"花清泽泪眼汪汪地看着她，"我不会吃白饭的，我过几天把我的工资卡拿给你。"

桑兮兮更吃惊了，工资卡？用不着这么夸张吧？

她推开激动的花清泽："不至于，不至于。"

"至于！"花清泽的态度相当坚决，"你还是第一个对我这么好的人。"

"你不是有爸爸妈妈还有哥哥吗？"桑兮兮觉得花清泽的话有点夸张，"他们对你不好吗？"

花清泽叹了口气："我爸爸妈妈都是搞科研的，从小到大他们都很忙，经常会失踪个一年半载才回来。我基本是跟在我哥后面混大的。但我哥也是个学神，很早也进了少年科研班，一年到头也在实验室里面待着。我们家上次全家人在一起吃饭还是五年前的事了。"

桑兮兮惊愕不已，她没想到花清泽的家世竟是如此。在外人看来的精英家庭，应该是非常幸福的，可是听起来有那么点伤感。

她想起他到她这里以来，除了那次打过电话回家备案，再也没打过一次电话，他的爸爸妈妈也没打电话过来问过，心里对他有点同情。

"你也是在研究所里上班，这么长时间没去，也没关系吗？"桑兮兮问道。

"没事，我不用每天准时打卡上下班。"花清泽摇摇头，"反正同事们也不喜欢我，没人在意的。"

"为什么你的同事不喜欢你？"桑兮兮很惊讶。

花清泽苦笑一声："可能他们对我的发型有意见。"

"发型？"桑兮兮疑惑地望着他的头，一头浓密的黑发确实令人嫉妒，"他们都有发际线的危机吗？"

花清泽点点头，又摇摇头："有的人有，有的人没有。"

"那为什么对你的发型有意见？"桑兮兮还是不明白。

"因为这个原因。"花清泽示意她看自己的头发，只见他的发型在顷刻之间换了十几种，时而长，时而短，时而蓬乱，时而变成了光头！

她也算是见过世面的人了，也被这变幻莫测的发型惊得一时回不了神："你，你……"

"这就是问题所在。"花清泽长叹了一口气，"我的发型会随着我的心情变来变去，有时候我会忘记这事，所以他们经常看到我顶着不同的发型出现在所里，有时候上午是一个发型，下午是一个，最夸张的时候，一早上就会换七八个发型。"

桑兮兮能理解他的同事们的感受了，这的确不是常人能接受的范围。

"他们怎么说？"

"他们怀疑我有几万顶假发！"花清泽很沮丧，"背地里叫我'假发男'！"

桑兮兮"扑哧"笑出了声："对不起，我尽力了……"

花清泽目光幽怨地看了她一眼："我也不想这样啊，但是没办法，我真的控制不了我自己。就因为这个原因，他们都不理我，我一个人单独在一个实验室里做研究。"

桑兮兮尽力忍住笑："我懂了。"

花清泽又瞪了她一眼："你这种普通人，根本不懂我这种超人的烦恼。"

桑兮兮隐忍不发，好脾气地问："超人，除了发型乱变，时不时会变成树，你还有什么烦恼啊？"

"我的烦恼多了。"花清泽唉声叹气，"我现在的梦想就是做个普通人，每天上班下班，攒钱买房买车。话说我的首付都快攒齐了，和中介约好看房子，到现在也没去成。还有车子，我摇了五年啊，终于摇到号了。"

桑兮兮不知道说什么好，多少人羡慕的酷炫超人心底居然想要的是买房买车？这画风有点不对啊，电影里面的超人不都是热火朝天地拯救地球，视金钱财富如粪土吗？为啥他整天惦记的都是这些事？真是与众不同的超人啊。

不过，她想起他那些超能力，不由得又点点头，他这超能力确实和拯救世界差得老远。

花清泽向桑兮兮絮絮叨叨地念叨了大半夜，她不由得打了个哈欠，一个字都没听进去。之前几天她觉得他不在，有点无聊，现在又觉得他还是在花盆里安安静静地待着好，她起码能睡个好觉。

花清泽见桑兮兮哈欠连天，就闭了嘴。他对小幸做了个嘘声的动作，暗自挥舞右手。只见他的指尖有一道绿色的火花闪过，空气里慢慢地弥漫起一层薄薄的烟。

桑兮兮闻到了一股极好闻的香味，不是花的香气，淡淡的带着点果香，闻着很舒服，连浑身的酸痛都神奇般消失了。她知道这是花清泽的超能力，不由得笑了起来："花清泽，你应该去开个 SPA 理疗馆，肯定很赚钱。"

花清泽被桑兮兮说得愣住了，他还从未想过这种事，不由得认真思考起来。

桑兮兮做了个梦，梦里她去了一个很远的地方。那里远离城市，是一座一望无际的森林。森林里树木苍翠，遮天蔽日，苍天古树一眼望不到树顶。

稀疏的阳光透过树叶的缝隙一丛丛落到树林里，她看见地上有无数生灵，无数肉眼可见和不可见的生灵在呼吸。蕨类植物覆盖在树干上，如同一条绿色的裙子。一朵朵小蘑菇像一柄柄撑开的伞，在树根下张开。

清澈见底的溪水在林间潺潺流过，猴子在枝头跳跃，躲藏在树叶后面，松鼠捧着松果歪着头看着她，几只小鹿轻盈地在林间跳跃，眨眼间消失在林子的尽头。鸟儿扑棱着翅膀，划过头顶，发出清脆好听的叫声。

蝴蝶和昆虫在硕大无朋的花朵上懒洋洋地飞舞，她从未见过这样的花，紫巍巍，浓得快要滴下颜色来，薄如蝉翼，似丝柔滑，如同鸟尾般妖艳。

　　有风吹过林间，树叶摇曳，吹起她的头发。她看见林子当中隐隐有五色炫彩光芒闪耀，不由得朝着那光芒处走去。零星的光芒渐渐变得明亮，沿途的路上花朵渐多，像是路标一样指示着她前行的方向。

　　她脚步更快，一路朝着光亮处奔去，越过密密匝匝的灌木丛，翻过一个个小山坡，终于到达了那光芒所在的地方。

　　她仰起头看向那耀眼的光芒当中，花清泽赫然站在其中。他光着一双脚踩在如绿色软毯的草地上，张开了双臂，闭着双眼，浑身上下都闪耀着绿色的光芒。

　　在他的身后有一棵十人合抱的古树，古树的皮是灰白色的，枝叶低垂，却是鲜红色。那颜色红得惊人，一片片如血浸透。

　　花清泽没有看见她，只是挥舞着双手，做出让她无法理解的动作。

　　随着他的动作，身后的树叶也在不断地变换颜色，鲜红渐渐变成了橘红，橘红又慢慢变成了金黄。树皮也从灰白色慢慢变成银白，闪出钻石般的光芒。

　　桑兮兮呆呆地看着这一幕，她从未觉得花清泽如此帅气过，他像是个真正的超级英雄。

　　就在她想上前打招呼时，突然花清泽的脸色骤变，身后的古树也重新变回了原来的模样。

　　而花清泽半跪在地，嘴角边一片殷红。

　　她吓了一大跳，连声呼唤花清泽的名字，朝他奔去。

　　花清泽听到了她的呼喊，抬起头朝她看过来，对她笑了笑，未曾开口就倒在了地上。

身后的古树在同一时刻轰然倒塌，朝着她压了过来，她闭上了眼睛，以为自己就此告别人世了。等了许久，却没有等到树木砸下，她睁开眼睛一看，只见自己坐在半空中，身下是一株古藤。古藤将她托到了半空中，远离了危险。

她定睛一看，只见花清泽倒在地上人事不知，原本青翠碧绿的草地也变成一片焦土。他用最后的力量保护了她。

她连爬带滚地跑到花清泽身旁，大声呼喊他。他只是微微地睁开了双眼看了她一眼，而后消失了。

她大惊失色，情急之下连声呼喊花清泽，惊醒过来。

天已经微亮了，桑兮兮的床边站着一人一狗，关切地望着她。

桑兮兮在半梦半醒之间，突然看到花清泽站在自己面前，情不自禁地抬起手抱紧了他。

花清泽一愣，缓缓地抬起手将桑兮兮圈入怀中，轻轻拍着她的后背，像哄孩子一样温柔。

过了好久桑兮兮才缓过劲来，她陡然发现自己在干什么，立即松开了手将花清泽推开。

花清泽还沉浸在温柔的气氛中，猛然被桑兮兮一推，有点缓不过神，这剧情变化得也太快了吧？

小幸奋力挤到两人中间，摇着尾巴将脑袋硬塞到桑兮兮的手里，打算趁着这个机会争宠。

桑兮兮摸了摸它的头，渐渐觉得气氛没那么尴尬了。

花清泽见她脸上泛着一抹可疑的红色，不知是睡觉时热的，还是情绪激动，想了想还是保命要紧，便往门外退。就听到桑兮兮问道："花清泽，你去过这个地方吗？"

桑兮兮将自己的梦境一一告诉了花清泽，又问了一遍："你去过这种地方吗？"

花清泽极认真地摇头："我没有去过。"他本想说你的梦，我怎么可能去过？可想了想还是改了口。

桑兮兮没说话，刚才的梦境太真实，像 5D 电影一样，至今她还沉浸其中。她突然有点害怕，这不会是预言梦吧？

她认真地看着花清泽问道："你可以像我梦里一样吗？"

"什么？"花清泽一时不解其意，渐渐才明白过来，"你是说像你梦里一样救那棵古树吗？可以的。"

桑兮兮的心漏跳了一拍，他真的可以做梦里一样的事。

花清泽接着说："但是我应该没有那么强的能力，按照你的说法，那不只是救一棵古树，可能是一片森林。"

"一片森林？"桑兮兮惊愕不已。

"嗯。"花清泽点点头，想了想又问，"你刚才说我在梦里很帅？"

桑兮兮一愣，白了他一眼说："你听错了！"

花清泽掩饰不住嘴角的笑意，假装失望地说："我还以为你觉得我很帅呢。"

桑兮兮脸上挂不住，连连推搡他。小幸一见主人出手，立即仗义出爪，朝花清泽扑去，咬住花清泽的裤腿不放。花清泽奋力地推开小幸，一人一狗撕扯起来。

场面顿时陷入了混乱，小幸努力地用爪子抱住花清泽，花清泽拼命地往回拔自己的腿。一人一狗撕扯得这般凶，桑兮兮看得好笑。就在她想要嘲笑花清泽的时候，花清泽的脚下一滑，身体往后一仰倒向了桑兮兮。

桑兮兮急忙往旁边躲去，却没躲得开，被花清泽砸中了。她整个人被砸进了床里，头晕目眩，呼吸困难，脑海里面突然浮现梦里的帅气身影，于危难之时救了她。

她相当确定了，梦里的花清泽肯定不是身边这个，绝不可能！

原本很充裕的早晨，被小幸和花清泽弄得乱七八糟。桑兮兮不得不大声制止了他们的混战，抱着花盆一路狂奔向地铁。

今天的地铁也是出奇的人多，桑兮兮急得火上房，也只能频频地看着手机上的时间干着急。花清泽见状悄悄地问道："要不我送你去？"

"你如果不想红的话，就别整这些幺蛾子。"桑兮兮警告他。虽然她很急，但是并不想成为网红，更不希望花清泽因此被人发现带走。

队伍挪动得很慢，好不容易才挤上了地铁，赶到公司的时候，已经快迟到了。她朝着电梯猛冲过去，却眼睁睁地看着电梯门关上了。

她绝望地叹了口气，离上班就只有几分钟了，等下趟电梯来不及，爬楼梯也赶不上。

电梯门再次打开了，危雅站在电梯里定定地望着她。

挤满人的电梯，慢慢都走空了，只有危雅和桑兮兮两人还在往上走。电梯里面很安静，谁也没说话，气氛显得略微有些尴尬。

桑兮兮讪讪地向危雅打了个招呼，危雅淡淡地瞥了她一眼，并没有回应。

好不容易熬到了电梯门打开，危雅先一步跨出了电梯，桑兮兮动了动嘴唇，还是没有吭声，跟着也走进了公司。

刚到公司里，就有一大批工作交接下来，桑兮兮忙得头昏脑涨，连水都没时间喝。

忙到中午吃饭时，桑兮兮去热饭，她拿出了一个特大号的三层饭盒走到茶水间里，其他同事看着她手里的饭盒议论纷纷。

"桑兮兮，你这饭盒也太大了吧，你吃得了这么多吗？"

桑兮兮尴尬地一笑，她准备了两个人的饭。自从看到花清泽可怜巴巴地半夜偷零食吃后，她决定给他也准备一份饭。

"危雅，你吃得这么少吗？"女同事问道。

"不少了，我又不是饭桶。"不远处传来危雅的声音，桑兮兮循声一看，只见她正在和另外一名女同事在聊天，说话很大声。

众人听到声音，不由得将目光再次投向了桑兮兮。桑兮兮装作没听见，从容地将饭热好，拿着饭盒抱着花盆找了个无人的房间吃饭去。

"桑兮兮是怎么回事啊？"女同事问危雅。

"什么怎么回事？"危雅冷淡地回答。

"她怎么走到哪里都带着那盆树啊？吃个中饭也带着。那树是不是什么值钱的宝贝啊？"女同事问道。

"我怎么知道？"危雅的话语里透着不耐烦。

"你们不是关系最好吗？"女同事惊讶。

"我什么时候和她这种人关系最好了？"危雅冷冷地瞥了女同事一眼。

女同事见她言辞不善，便不再和她说话，只是远远地看了一眼桑兮兮的背影，心里满是疑惑。

桑兮兮将房间的门关好，这是间无人来的小会议室。她将饭盒放在桌子上，对花清泽说："出来吃饭。"

花清泽一闪身出现在她面前，欢天喜地地打开了饭盒深深吸了口气。

"真香啊。"他拿起筷子夹起一块鸡肉送进口中，"真是太好吃了。"

"赶紧吃，别说话了。"桑兮兮催促。

"你不吃吗？"花清泽眨着无辜的眼睛看着她。

"我不饿。"桑兮兮说。她本来挺饿的，可是危雅的话让她食欲全无。

花清泽拿起勺子舀了一勺香菇酱送到桑兮兮嘴边："快尝尝看，超级好吃。"

桑兮兮拗不过，不情愿地张嘴吃了一口，又催他："你快点吃。"

花清泽却笑着说："我们一起吃啊。"

他又舀了一勺饭送到桑兮兮嘴边："张嘴，啊——"俨然把桑兮兮当成小宝宝。

桑兮兮一时无语，她现在提心吊胆，生怕有同事闯进来发现了花清泽。

"你……"她一张嘴，饭便被送进了嘴里，她只得又咽下一口饭。

"我就说特别好吃吧。"花清泽笑眯眯地说道。

桑兮兮两只眼睛盯着门边，哪有心思回答花清泽的话，只听到门外传来脚步声，越走越近。

几秒钟后，有人在外面推门："咦，怎么锁起来了？"

公司的门锁并不结实，只要稍稍用力就可以推开。

桑兮兮看了一眼花清泽，指了指手边的花盆。花清泽却没有变回去，他朝着门挥舞了几下，靠在门后的两盆清香木迅速长出枝叶交织在一起，将那扇门彻底封紧了。

门外的人推了几下没有推开，只得放弃，嘀嘀咕咕地离开了。

花清泽笑嘻嘻地对她说："现在可以安安心心地吃饭了吧？"

桑兮兮这才对花清泽笑着说："你的超能力真好用。"

花清泽嘿嘿一笑，将勺子递给她："吃饭。"

午休过后，桑兮兮继续奋斗工作。她刚把工作做了大半，又来了新的工作。桑兮兮险些晕过去，最让她觉得为难的是，其中有一项工作必须要和危雅交接。

桑兮兮想起危雅在电梯里冷若冰霜的模样，实在没有勇气去找她，便将这份工作压在了下面，准备最后一个做。

她给危雅在网上留了个言，希望危雅能看见，早点回复她。

然而等到下午，危雅也没有回她消息。她看了看不远处的危雅，硬着头皮站起身。

♥

第十一章

纪念日

Congtian er jiang
Nianshang

危雅的工作早已经做完，她正在随意看网页打发时间，寻找一些潜在的赚钱机会。她像是个寻宝猎人，一点点过滤各路信息，盘算着收支比。若不是因为在公司不能太张扬，她早就旁若无人地刷手机了。

　　桑兮兮走过来时，她立即不动声色地关闭了页面，等待桑兮兮开口。

　　桑兮兮开口了："危雅，这份报告需要一些数据，麻烦你把数据给我下好吗？"

　　危雅冷冷地瞥了桑兮兮一眼。她早就看到桑兮兮发的消息，只是装作没看见，此时只是冷漠地回答："今天的时间已经来不及了，过两天给你。"

　　"过两天？"桑兮兮吃了一惊，"怎么要这么久？"

　　危雅又冷冷地看了她一眼说："你是在怀疑我的工作能力，还是觉得我在故意刁难你？"

　　桑兮兮不说话了，她知道危雅这是故意在刁难她，但是她不能和危雅撕破脸。虽然她本身并没有过错，可是莫名地觉得对危雅有一份愧疚感，许久后，她才说："这份数据比较急，如果可以的话，还请你快一些给我，谢谢。"

　　危雅冷哼一声说："就你的工作重要，别人的工作就不急吗？"

　　桑兮兮没有和她争辩，又说了一遍："麻烦你了。"说完急匆匆地跑开了，她实在不想看危雅那张难看的脸。

危雅冷哼一声，并没有将桑兮兮要的材料找出来，而是继续浏览网页刷刷手机，到了快下班的时候也没有把桑兮兮要的数据发过去。

桑兮兮心里着急，起身又上前催危雅。危雅却看见了她的动作，先一步起身朝着厕所的方向走去了。

桑兮兮立即追了过去："危雅，数据……"

危雅白了她一眼，脚下生风："老板也没你这么没人性吧？上厕所也追着来？"

"麻烦你帮帮忙，真的很急，现在已经要下班了……"桑兮兮恳求。

"怕下班完不成工作？那就加班呗。你不是一向很积极吗？加个班算什么呢？你好好表现表现，说不定还能升职加薪走上人生巅峰呢。"危雅的话中带刺，也不管桑兮兮作何反应，就径自离开了。

桑兮兮又气又急，她知道危雅的脾气，一向是吃软不吃硬。若是硬杠到底，危雅一定有一百个理由回绝你，结果会更惨。

就在她一筹莫展的时候，突然看到隔壁桌的一枝绿萝悄悄攀爬到危雅的办公桌上。桑兮兮目瞪口呆，她明白这是花清泽搞的鬼，可是不知道他到底要干什么。

就在这时候，坐在危雅办公桌后面的宋一波站了起来，眼见着就要暴露，桑兮兮连忙走过去挡住了他的视线。

宋一波惊诧地扫了她一眼："你怎么在这里？"

"没，没什么。"桑兮兮挡住身后的桌子假笑道。

宋一波满腹狐疑地看了她一眼，又朝她身后看了一眼。桑兮兮忙问道："你不去吗？"

"去哪里？"宋一波反问。

桑兮兮张口结舌，胡乱地指着他的对面说："你不是要去那里吗？"

"啊，对。"宋一波似乎被提醒了，"我要去茶水间倒杯茶，你需要吗？"

"不用了，谢谢。"桑兮兮急忙打发他离开。

宋一波走后，她急忙转身往后看，只见那绿萝竟然爬到了键盘上！

桑兮兮刚想拉开绿萝，就看见危雅已经从厕所那边走出来了。眼见着危雅要朝她这边来，为了不被误会，她只得往后退。

她一边往后退，一边看向桌子，只见桌子上的绿萝居然按下了键盘，输入了密码。她简直昏死过去，危雅一步步朝着她走过来。

她决定再拼一拼，迎向了危雅，还未开口，危雅就瞪了她一眼："你又来？桑兮兮，你别再来烦我了！工作有工作的流程，没有谁能得到特殊对待，否则全都乱套了。"

桑兮兮和她说话的同时，一直偷偷看向危雅的桌子，只见绿萝飞快地松开了键盘，退回到隔壁的桌子上，像什么事都没有发生过。

桑兮兮无心和危雅说话，见绿萝老实归位，丢下危雅，头也不回地走回自己的办公桌。危雅本还想多数落她两句，却见桑兮兮跑得飞快，满肚子的话都没来得及说，只得悻悻回到自己办公桌前。她摸了摸键盘，感觉上面有点潮湿，觉得有点奇怪。

桑兮兮飞奔回到办公桌前，正要质问花清泽，就见自己的邮箱闪烁，收到一封来自危雅的邮件。她打开一看，正是她要的那份数据。

她抬头看向了危雅，只见她已经关上电脑收拾东西准备下班走人了。

桑兮兮当即明白了，她悄声问花清泽："你怎么知道她的密码的？"

花清泽摆了摆枝条，悄声答道："我看到的。"

"看到？"桑兮兮很不解，她和危雅的办公桌离得很远，中间隔着层层屏障，怎么可能看得见？她正想追问，忽然发现零零星星的几张办公桌上都摆着不同的绿植或者鲜花。

加完班，天已经黑了。办公楼里的人都走得差不多了，往日繁忙的楼宇显得有点空。桑兮兮打了个哈欠，准备回家，小幸应该已经等急了。

都市的夜晚，披红戴绿，没有褪去白日的激情，相反更加喧嚣热闹。城市像个沸腾的盘子，到处激情四溢。桑兮兮却无力激情，她只想着赶紧回去给小幸做饭。

她昏昏沉沉地进了地铁站，又换了一趟车。下车的时候，眼角的余光瞥到了一个身影。她不由得打了个激灵，朝那边偷偷看了一眼，那个人分明就是之前碰到过好几回的人！

桑兮兮的心"咯噔"一响，这如果是巧合也未免太巧了，如此偌大的城市，一千多万的人口，能够频繁偶遇这么多回，这种概率都够中好几回五百万了。

桑兮兮自认自己不是那么走运的人，她抱紧了花清泽，小跑着出了地铁站。

她一边跑一边朝后看，却看见那人影也朝着她这个出口走了出来。

他没有跑，但是和她的距离始终保持在一定的范围内，她越发心慌了。

"你怎么了？"花清泽小声问道。

桑兮兮还没来得及回答，就撞到一个人，手里的花盆飞了出去。她连声道歉，急忙爬了起来捡花盆。

只见有个人先她一步拾起了花盆，桑兮兮大吃一惊，大声喊道："我的树！"

那人将花盆送到了她的面前，笑了笑道："还是这么宝贝你的树。"

桑兮兮这才看清，那个捡树的人是郁哲。

桑兮兮的心里有些紧张，自从那天拒绝郁哲后，就一直没有见过面，也没有联系过。她还没想好该怎么打招呼，郁哲已经将花盆递到她面前，面带笑容地看着她。

桑兮兮接过了花盆向他道了声谢，郁哲问道："你才下班？"

桑兮兮点点头，又朝着身后看了一眼。那个男人正在朝着她走来，桑兮兮的心漏跳了好几拍。

郁哲见她神色不定，顺着她的眼神朝前看去，却见许多人从地铁里走出来，并没有发现什么可疑的人。

"怎么了？"

桑兮兮的脸色很难看了，却见那个男人直直走过来，快要走到她面前的时候，突然往旁边一折，消失在人群里。

郁哲见状没有说话，只是突然抬起手搂住桑兮兮的肩。

桑兮兮傻了眼，呆呆地望着郁哲，就听郁哲大声说："你怎么才回来？我等了你好久了。"说着搂着她往前走。

在旁人看来，郁哲毫无疑问是桑兮兮的男朋友，而且是个不好惹的男朋友。路人都自觉地和他们保持了一段距离，以免惹祸上身。

桑兮兮明白郁哲此举是为了震慑那个不知名的威胁，她的心里很感激，便配合郁哲一起演戏。两人动作亲密，话语虽不算特别多，却让人感觉是一对恩爱情侣。

郁哲一直将她送到楼下，桑兮兮向他道谢。

郁哲只是摆了摆手："有需要告诉我。"说完不等桑兮兮告别，转身又沿着来时的路离开。

桑兮兮一愣，他还是和从前一样，话语虽不多，但是个热心肠。桑兮兮想起之前拒绝他，越发觉得有点愧疚难安，不知不觉间在楼下站久了一点。

花清泽原本一路看两人表演，心里有一股无名怒火燃烧，现在又见桑兮兮傻站在楼下上演目送的大戏，大有一种深情别离的感觉，一时间急火攻心，也不顾这里人来人往，兀自从花盆里跳出，现身在她面前。

桑兮兮被他吓了一跳，急忙向四周看去，所幸没有人注意到这里。

"你怎么出来了？"

花清泽没好气地说："既然你这么舍不得他的话，干吗不追上去？"

桑兮兮很生气："你胡说什么呢？"

花清泽冷哼一声："我哪里胡说了？刚才你们两个那一路……难道不是吗？"

桑兮兮更加气愤："郁哲是为了保护我！"

"我都和你说了，没有危险，也没有龙组的人。"花清泽双目灼灼地盯着桑兮兮，"再说了，难道遇见危险我不会保护你吗？"

"你说没有就没有吗？那跟踪我的人到底是什么人？"桑兮兮辩驳道。

"那不是什么龙组的人。"花清泽解释道。

"你怎么知道不是？"桑兮兮盯着他，"那是什么？为什么要跟踪我？花清泽，你是不是有事隐瞒我？"

花清泽似乎被猜中了秘密，眼眸里闪过一丝慌乱："那只是……只是巧合而已，他没有跟踪你。你相信我，我不会让你陷入危险的。"

桑兮兮仰起脸用陌生的眼神望着他，像是不认识他一样，半晌后自顾自地笑了一声："原来你真的认识那个人。花清泽，我和你本来就只是陌生人，不会相遇认识。我对你就算不是很好，但是也没有害过你吧？"

"你对我一直很好，我知道。"花清泽小声喃喃。

"从我认识你到现在，我的生活发生了翻天覆地的变化。我每天扛着个花盆去上班，花盆重得我都练出肌肉了。这就算了，你知道我的同事他们在背后怎么看我吗？我本来就没什么朋友，现在因为你，我连唯一的朋友都失去了。而且我天天担惊受怕，我怕你晒太阳的时候风太大把你吹到楼下，我怕你晒太阳晒得太久被晒干，又怕水浇多了。我怕你被人发现，被人带去研究展览。现在有人跟踪了我好几回，你居然和我说那只是巧合？你明明知道是怎么回事，却要把我带进危险里，"桑兮兮满腹委屈在此刻尽情宣泄而出，"你到底把我当成什么了？是不是我上辈子欠你的？"

花清泽没有回答她，只是垂眸望着桑兮兮，长长的睫毛如同扇子覆盖着他的眼睛，无尽的心思都藏在眼眸下。良久后，他的嘴角微微上扬，他抬起修长的手指想要触碰她的脸，未曾靠近又停下，他短促地笑了一声："对不起，是我太自私了，一直只考虑了自己，没有考虑你。谢谢你这么久以来照顾我。"

说完，他张开双臂快速而有力地抱了一下桑兮兮，一转身消失在茫茫夜色里。

桑兮兮茫然地站在原地，只闻到好闻的树叶清香环绕着自己。等她醒过神来再看，花盆里已经空无一物，花清泽如同一片树叶消失在丛林里，没有了踪迹。

不远处，一个人影站在黑暗里一直密切盯着这边楼下，看得很入神，连呼吸都忘了，直到看到花清泽跑开，才醒过神来追了过去。

花清泽消失了，如同他的出现，突兀得不自然。

桑兮兮有种不真实的感觉，她默默地回到了家中。小幸高高兴兴地迎接她后，发现花清泽没有一起回来，很失望，趴在门口整整一夜。

桑兮兮草草地用牛奶泡麦片对付了晚餐，开始准备明天中午的饭，一不小心饭煮多了，菜也烧多了。

家里的一切和从前一样，可她却总觉得少了点什么，连花盆里面的绿植都打蔫，少了生机。

她窝在沙发里，准备接着追之前没看完的美剧，打开之后又想起这是和花清泽一起看的剧。他和自己一样热爱追剧，而且是个不愿意错过任何细节的完美"撸剧党",每次看剧看到一半有事,他都会要求暂停,必须等到他回来一起看,否则就会生气。

如果她还没有看过,他也会陪着她重新仔仔细细地看一遍。他还郑重其事地要求她保证过,绝不趁着他不在的时候先看剧。

桑兮兮只得又换剧看,好不容易选了一个花清泽肯定没兴趣看的剧后,突然醒悟过来自己在干什么?难道还等花清泽一看吗?她是不是疯了?

可是她下了半天决心点开之前看的剧,却看得索然无味。之前觉得趣味横生,可现在怎么也看不进去。

她关了电视,抱着小幸靠在沙发上躺着,目光所及处,都有花清泽的影子。

他在的时候,没觉得有什么;他不在的时候,才知道这里到处都留下了他的痕迹。深深浅浅,丝丝缕缕不觉之间渗透到生命里。

桑兮兮猛然坐了起来,在房间里来回不停地走。她也不知道自己到底怎么了,头脑里面两个小人左右互搏吵得她头昏脑涨。

一个小人让她去找花清泽:"他现在没有完全恢复,万一在路上出意外怎么办?"

另外一个小人拉着她:"他是个超人啊!而且是个成年人,有什么事可以自己处理。"

之前的小人又嚷嚷:"就算他是超人,可现在也是个不完整的超人!万一被坏人带走了,要他干坏事怎么办?"

反对的小人还没来得及说话,就听到窗外传来打雷声,"轰隆"一声特别响亮，吓得小幸一头扎到沙发里面。

桑兮兮拉开窗帘一看，墨黑的天空上，隐隐可见云层翻滚，闪电在云层里翻滚，大风骤起，窗外的树木枝叶随风摆动。

桑兮兮仿佛看到花清泽孤苦无依地站在狂风骤起的马路上，风卷起他的发，露出一张苍白忧郁的面容。空中的闪电令他倍觉恐怖，不禁瑟缩成一团。

桑兮兮立即摇摇头，将幻想从脑子里面赶出去，换成了另外一幅画面：大雨倾盆的街头，花清泽在雨中行走，大雨浇透了他的头发衣服，他无处可去。

桑兮兮再次摇头，可是不论她换成哪个想象的场景，花清泽的情况都令人担忧。如果他变回一棵绿植，结果也不会好到哪里去。

她有点后悔，之前不该发火的，花清泽就这么离开了，连钱和手机都没有，能去哪里？

桑兮兮决定去找花清泽，可是上哪里找他？这座城市那么大，足有一千多万人口，她上哪里去找？

明明知道找不到，她还是不由自主地出了门，想了想带着小幸一起。这么晚了，让它帮自己壮壮胆也好。

城市的夜晚总是璀璨光明的，即便是这么晚了，路灯和霓虹灯依然明亮闪耀。

桑兮兮像只没头苍蝇一样向左边走走，又向右边找找。可是除了匆忙的路人和外卖小哥，她连一个疑似花清泽的身影都没看到。

她将希望寄托在小幸身上："小幸，你知道花清泽去哪里了吗？"

小幸茫然地抬头看她，桑兮兮还不死心，继续和它沟通："你闻一闻花清泽去了哪里？有个方向也行啊。"

小幸低下头陷入了思考，过了一会儿，像是发现了什么，突然朝着一个方向抬起了头，朝着那边"汪汪"吠叫了两声。

桑兮兮大喜，没想到小幸竟然这般有用，简直是天才神犬！真不枉费她平时对它那么好！回去后给它加鸡腿！两个！

她牵着小幸朝着那边跑去，满脑子都是和花清泽再相逢时的画面。她要说什么呢？是数落他两句，还是干脆别说话，直接把他拖走？

她的幻想在看见人影时戛然而止，那个人身材矮小肥胖，和花清泽半毛钱关系都没有，手里拎着一盒叉烧。看到小幸朝他跑来，他露出了欣喜的笑容，打开盒子喂小幸吃叉烧。

小幸欢喜无比，用期待的眼神看着他手里的叉烧。

桑兮兮则觉得丢脸无比，连忙将吞了一块叉烧还意犹未尽的小幸拉回，尴尬地向那人道歉。

"没关系，我也喜欢狗。"那人笑眯眯地看着小幸，"它真可爱。"

"对了。"桑兮兮决定死马当活马医，"你刚才有没有看到一个人？"她仔细地给他描述花清泽的模样。

那人摇了摇头："没有看到。"

桑兮兮很失望地向他道谢，拉着小幸继续寻找。

风越来越大，云层低垂，闪电在云层里钻来钻去，雷声也越来越近。

桑兮兮牵着小幸站在街头，去留两难。

风吹眯了她的眼，既看不清前方，也看不到来路。

"桑兮兮！"远远地传来一声喊声，她循声望去，竟然是郁哲。

"你怎么在这里？"桑兮兮惊讶地问道。

"这话应该我问你吧？"郁哲望着她，"这么晚了，快下雨了，你怎么一个人站在这里？"

桑兮兮看了看他，他牵着许多狗，应该是趁着黑夜无人的时候出来遛狗，便说道："你不是遛狗吗？我也在遛狗。"

郁哲显然并不相信她的话："遛狗的话，你为什么站在这里？"

桑兮兮不知该怎么解释，郁哲看她神色不定，问道："是不是出什么事了？"

桑兮兮沉默了片刻说："我的绿植丢了。"

"什么？"郁哲一愣，旋即明白，"你说的是你每天带的那盆发财树？"

桑兮兮点头："是的。"

郁哲挠头，他记得他晚上送桑兮兮回来的时候，她的手里明明好端端地捧着花盆。他问："怎么丢的？"

桑兮兮没办法回答他，总不能告诉他，自己和绿植吵架，然后绿植自己走了吧？那郁哲非要把她送去医院不可！

郁哲见她不回答，猜测她有难言之隐："你查过监控吗？"

桑兮兮如同醍醐灌顶："对，对，监控！"

她连声向郁哲道谢，抱起小幸飞奔去找保安。

郁哲愕然，没想到桑兮兮跑得这么快。他看着她的背影，嘴角微微露出一抹笑意，大风卷起他的衣角，他抬起头看了看不远处桑兮兮的家。

不知道从什么时候开始，他每天遛狗都会习惯性走到这里，远远地看一眼桑兮兮的家再回去。

郁哲轻轻吐出一口气，看了看云层低垂的天幕，对狗子们说："回家吧。"

桑兮兮的眼睛都快瞪出来了，可是监控屏幕上依然是一片漆黑。

保安也深感诧异，之前的视频都好好的，可是也不知道从哪里冒出一片树叶挡住了摄像头，导致从花清泽出现到离开期间所有的画面都是黑屏。

桑兮兮心下了然，这肯定是花清泽搞的鬼。在他决定出现的那一刻，用树叶挡住了监控。

这就意味着沿途所有可能拍到他的监控都"凑巧"地被树叶挡住。

她很失望地向保安道谢后离开，大雨在这一刻倾盆而下，顷刻间浇得满地透湿。

桑兮兮站在保安室门口抱着小幸发呆，她忘记带伞了，雨水打湿了地面，也打湿她身上的衣服。

她忽然想起那个雨夜，花清泽为她撑开的一座座"树伞"。茂密的树叶交织，在她的头顶上形成一座绿色穹顶，那是她这辈子度过的最浪漫的雨夜。

她的嘴角不由得微微扬起笑容，突然间关于花清泽的回忆涌上心头。

他每天帮她洗碗，给她种植最新鲜的蔬菜，让她每顿饭都有最新鲜的菜蔬吃。自从他种菜以来，她几乎都没去买过菜。

他给她做了各种各样的沐浴露、洗发水，甚至连护肤品都被他偷偷换成纯植物成分的。

她抱怨一声自己要秃头了，浴室里面就多了好几种生发洗发水。她说一声脸上皮肤太干了，他就给她做出各种植物保湿乳液和面霜。

他还经常陪着她一起去外面做义工。有一回，天气特别热，她忙得一身汗，四下里连一块遮掩的地方都没有，偏偏那片的垃圾特别多。他趁着无人的时候，悄悄地在她的身旁种出一棵树，为她遮蔽太阳。那棵树跟着她一路走，时刻为她挡住阳光。

桑兮兮却骂了他一顿，这要是被人看见了还得了？

他很委屈，只能收回了树木，挽起衣袖，用他白净纤细的手指和她一起干活。

干活的时候，也不老实，总会趁着桑兮兮没留意的时候使出超能力让树木帮忙分拣。

那时候她很担忧他被人发现，总要数落他。他却不以为意，只是笑嘻嘻地继续帮她干活。

他陪她庆祝每一个重要而古怪的纪念日，"小幸到家一个月""垃圾分类考试满分""用回收垃圾制作的第一千件家具"，所有这些匪夷所思的节日，他都陪着她一起。甚至有时候她工作太忙忘记了，他都替她记着。

"学习垃圾分类十五周年"的那天，桑兮兮加班加到很晚，回到家的时候，都快午夜了。

　　就在她拖着疲惫的身躯打开家门的时候，家里的情景令她惊呆了。整个房间里面花香四溢，各色鲜花齐齐绽放，每一寸裸露的墙面和地面都被绿叶遮蔽，仿佛置身于童话梦境当中。

　　伴随着好听悠扬的音乐声，他出现在她面前。

　　那日的他穿得像童话里面的王子，浑身上下闪着光芒，朝着她款款走来，向她献上了一个枝条做的花冠："我代表这世上的森林向你表示祝贺，并感谢你为了我们的环境做出的贡献。"

　　说完，他将那个花冠戴在她的头上，并对她做出一个邀请的姿势："我们已经等你很久了。"

　　那是她过的最难忘的一个纪念日，她忘记疲惫，忘记辛劳，置身在花海和绿林里尽情欢庆。

　　后来她问他："你怎么知道那天是纪念日？"

　　花清泽笑眯眯地回答她："我听你说过，你奶奶在这天开始带着你一起学着做垃圾分类，这对你来说是个非常重要的日子。不仅仅是因为你开始学着做垃圾分类，更重要的是,那是你和奶奶在一起的重要日子。"

　　"谢谢。"桑兮兮紧紧抱着花清泽，泪光在眼里闪耀。

　　花清泽微微惊愕，旋即将她抱在怀中，轻轻抚摸她的后背："以后每年的这天，我都陪你一起庆祝好不好？"

　　桑兮兮的感动还未完全消失，花清泽在下一刻变回了绿植，满屋的浪漫在那一刻消失殆尽。

她有些茫然，看见墙上的钟指向了十二点，哭笑不得地问花清泽："灰姑娘的十二点？"

花清泽疲惫不堪地吐出一句话："对不起……下次我争取久一点。"

桑兮兮这才明白，他为了给她一个惊喜，一直用超能力保持着这里的形态，直到耗尽了他的超能力。

轰隆隆的雷声自远方响起，一连串的响声惊醒了桑兮兮。她浑身被雨打湿透，连小幸也没有幸免，身上的毛湿漉漉的。

保安没有带伞，只是邀请桑兮兮进来坐，她却拒绝了，只是站在门外看着雨。

忽然之间，在雨幕里看到一个人举着伞朝着这里走来。那人个子很高，穿着一身白衣裳。桑兮兮看不清他的脸，却隐隐约约觉得有几分眼熟。

只见那人直直地走到了她面前，将伞遮住了她，没有说话。

桑兮兮有些失望，朝他淡淡地道了声谢，便跟着他一起走。

两人在雨里都没有说话，只是默默地朝着她家走。一直到她家楼下后，郁哲才开口道："明天再找吧，这么晚了，应该不会有人偷一棵绿植的。"

桑兮兮微微颔首，再次向他道谢，转身往楼道里走去。她没有问郁哲怎么会来，满脑子只是想着明日该怎么找花清泽。

郁哲站在楼道外面看着桑兮兮进了楼梯，这才转身离开。他就知道她一定会傻等在那里，所以将狗送回家后便取了伞急急忙忙地来找她。

他仔细回想她平时抱着的那棵树的模样，回家的路上一路走一路看，时不时到树丛里寻找一番，可是直到走到家也没找到那棵树。

♥
第十二章

你见过这棵树吗？

Congtian erjiang
Nixinshang

一夜没有睡好，桑兮兮一整夜都在琢磨该怎么发这个寻人启事，或者说是寻树启事。

一般的寻人启事或者寻找宠物的启事都很简单，配上照片，加上离开时的模样特征描述就可以了。

可是她没有花清泽的照片，她自己都觉得不可思议，这么久以来，她从未想过给他拍一张照片。而且就算有照片，也很难有用，因为就花清泽眼下的状态来说，大部分情况下他都是树的形状。

树的照片她倒是拍过，可是每一张都不大一样。花清泽的形态多变，随着他的心情变化，不仅树叶形状不同，颜色也不相同，树干的形态也各异，很难让人相信这几张不同的照片都是同一棵树！

第二天早上，桑兮兮没精打采地去公司上班，沿途她的眼睛一直在树丛和人群里扫荡，有时也看向了垃圾桶，可是一无所获。

同事们看她两手空空地来上班都感到很惊奇："桑兮兮，你的树呢？"

桑兮兮苦笑一声没有回答。她心情糟透了，工作状态也很差，往常花清泽在她身旁的时候，总会闻到一股好闻的气味。这股气味不仅让她保持清醒，还能提高她的工作效率。

可是今天她对着电脑屏幕发了一个小时的呆了，连一行字都没写出来。

闹钟准时响起，提醒她要带花清泽去晒太阳了。她怔怔地关掉了闹钟，望向了平日晒太阳的那个小阳台。那里居然站了两三个同事，每个人手里各自端着一盆绿植站在那里晒太阳。

她这才发现公司里面养绿植的人越来越多了，虽然除了宋一波外，没有人和她一样随时抱着花盆走。但是很明显，整个公司正在悄悄兴起养绿植的风潮。

她的树却没有了。她正准备倒杯茶清醒一下继续工作时，危雅却出现在她旁边。

桑兮兮吓了一跳，以为危雅发现了昨天花清泽偷偷给自己发数据的事，没想到危雅却笑容满面地看着她："桑兮兮，我有个事想要请教你。"

"请教我什么？"桑兮兮小心翼翼地问，心里充满了疑惑——昨天明明她对自己咬牙切齿的，怎么今天却是这样？简直如沐春风，实在难以置信。

"是这样的，我也打算养一盆绿植，想问问你的那盆绿植是什么，能不能给我也买一盆？"危雅笑眯眯地道。

桑兮兮哑然："你也要养绿植？"

"对啊，人人都养，净化空气嘛。你不也是天天宣传多种树吗？"危雅一边说，一边看向她的桌子，"咦，你的树呢？"

"丢了。"桑兮兮苦笑着说。

"丢了？"危雅惊讶不已，"怎么可能会丢？你丢在哪里了？怎么丢的？"她一连串问题砸向桑兮兮，桑兮兮却摇摇头没有回答。

危雅脸色微沉，转身欲要走，又停下问道："那棵树，你是从哪里买的？"

桑兮兮摇摇头道："那是我捡的。"

危雅的脸色更难看了："你知道是什么树吗？"

桑兮兮再次摇头，危雅的脸色瞬息万变，过了一会儿问道："那你有照片吗？能不能把照片给我看看？"她似乎怕桑兮兮问她，接着解释，"我想用照片搜索的方式查查那棵树的资料。"

桑兮兮迟疑了片刻说："我发给你。"

危雅的脸上终于有了一丝笑意："我是真的很喜欢那棵树，很想自己养一棵。"

桑兮兮觉得危雅有点奇怪，怎么忽然对花清泽这么感兴趣？

不过，她不再针对自己，这也是件好事。人嘛，哪能没有点脾气？更何况人的心思都是多变的，她看别人都种树，自己也动了心思也难说。

种树不是件坏事，桑兮兮很快就将这件事抛之脑后，专心琢磨着该怎么去写那个寻树启事。

她选了一张花清泽平时不太高兴时的照片，又配上了文字描述，再三斟酌词句，确认描述的树的模样和花清泽完全一样后才发了出去。

她在所有能发的社交媒体上面都发了这则寻树启事，然而效果并不明显。很多人看到这则启事后，在下面的恢复都是一串问号，也有人以为她在开玩笑。

她解释了很多遍后，才有人相信她真的在找一棵树。

但是没有人关注过一棵树的模样，不关心它身上有几个节疤、几根枝条，甚至叶子的形状。在他们的眼里，树都长得差不多。

　　桑兮兮原本想借着强大的社交媒体帮忙寻找，可是事与愿违。在他们看来树死了、丢了都很正常，重新买一盆就是，何必大费周章去寻找？有人怀疑桑兮兮是在故意炒作，有人觉得桑兮兮是在搞行为艺术。

　　她没有获得预期的帮忙，相反多了很多麻烦。一气之下她没有再回复网上的质问，采用最为传统的寻找方式，拿着照片挨个询问。

　　一整日过去了，大家都知道她的树丢了。她成为人人热议的话题，但是仅此而已。

　　桑兮兮很失望，等到下班后，她开始漫无目的地寻找。

　　就在她像个无头苍蝇一样到处找花清泽的时候，郁哲打来了电话，只说了一句话："我找到了。"

　　这句话如同鸡血注入桑兮兮的身体，她顿时精神一振："在哪里？"

　　桑兮兮等不及郁哲来找她，飞奔去往郁哲家。

　　郁哲拿出了一个绿色的瓷盆，里面有一棵发财树，形状和花清泽已经很相似了。然而桑兮兮一眼就认出那不是花清泽。

　　她掩饰不住脸上的失望之色，对郁哲摇了摇头："谢谢你，但是这个不是。"

　　郁哲沉默了片刻，问道："有什么区别吗？"

　　"区别很大。"桑兮兮指着花盆里的树说，"这棵树少了好几根枝条，还有叶子……"

"不，我不是说这个，我是说这棵树和那棵树都是树，到底有什么区别？为什么非那棵树不可？"郁哲打断了她的话，"到底是为什么？"

桑兮兮指着他身旁的狗说："那为什么你不肯换你的狗？"

郁哲明白了她的意思，于她而言，那棵树和狗一样，都是唯一，不可替代。

桑兮兮转身要走，郁哲叫住了她："把照片给我吧，我去花市问问。"

桑兮兮迟疑了片刻，她知道郁哲向来有社交恐惧，不爱和人多说话。

"你可以吗？"

郁哲点点头："可以。"

桑兮兮想了想取出了一张纸，上面贴了花清泽的照片，在下面写上一行字：你见过这棵树吗？留下一串电话号码。

她将这张纸递给郁哲，郁哲接过了纸，她的意图很明显，减少他和人沟通时的障碍。

"有消息我会联系你。"

"好。"桑兮兮脚不点地，离开了郁哲家。

桑兮兮把周围能问的人都问遍了，可能会出现的地方也找了一遍，直到实在走不动路，才拖着疲惫的身躯回到家里。

她记得花清泽之前提过他所在的某研究所，可是那个研究所到底叫什么名字，在什么地方都一无所知。在网上搜索了半天，依然没有任何消息。

好不容易在网上搜出来花清泽所在的植物研究所，桑兮兮打电话过去询问，得到的答复是：花清泽研究员请了病假，不知道什么时候回来上班。

本来想问问花清泽的手机号和家庭住址，对方却公事公办地拒绝了她："涉及个人隐私，不便透露。"

桑兮兮挫败地挂断电话，就在这时她看到了一则新闻：袁隆平院士明日来我院讲课。

她顿时眼前一亮，她记得花清泽提起过自己最崇拜的偶像就是袁隆平，当即打电话给经理："经理，我明天有事请个假……"

第二天一大清早，桑兮兮就往农学院赶。

农学院距离桑兮兮家挺远的，她倒了三次地铁，才终于找到了这个位于郊区的学校。

虽然地处郊区，但因为这次袁隆平来讲课，农学院异常热闹，大门口挤得到处都是人，每个人都在讨论袁隆平和他的杂交水稻。

桑兮兮虽然听不懂，但是她向来对袁隆平院士充满敬意，不由得手脚也放轻了些，环顾四周，想要从中发现花清泽的影子。

她发现自己想多了，这里的人不是一般的多。她本想去大礼堂看看，没想到那边排了一条长龙，一眼看不到头，想要从中找出花清泽根本就是做梦！

她本想采用些非常规手段来吸引所有人的注意，可是……她看了看周围的人，实在是做不出来……

老老实实地在人群里走来走去寻人，很快她发现自己有点脸盲……

桑兮兮感觉自己头晕眼花，分辨不清，她隐隐约约觉得自己仿佛看到了危雅，还看到之前偶遇过好几回的男人。等她定睛仔细一看，又没有看见了。

因为没有预先报名，她没能进到会场里面，只能站在礼堂外面望洋兴叹。

本想等到散场后再碰碰运气，可是因为她一直在场外转，被保安当成可疑人物，然后就没有然后了。

桑兮兮昏头昏脑地坐在地铁口，昨夜没有睡好，一早上累得满身是汗，她忽然不知道自己到底在干什么。

花清泽自己要走的，为什么要找他回来呢？

只是因为她担心他现在的状态不好吗？

好像理由也很牵强，毕竟他是个独立的成年人。他应该可以照顾好自己。

应该吧……

桑兮兮想起花清泽每次会突然变成树的样子，心里又没了底。

想到这里，她再次振奋精神，开始在四周寻找，看看有没有和他相似的绿植。

白白忙活了一整天，连中饭都没吃，期间她还被保安当作坏人轰了好几回，最后两手空空地回去。

拖着绝望的身躯回到家的时候，桑兮兮却觉得有些不对劲。她环视家中，好像没什么不一样，可是又似乎有哪里不同。

她发现了一块啃剩下的牛肉干，这绝不是她早上走之前给小幸的，以它的胃口，这块牛肉干早就没了。她又瞄了一眼小幸的零食盒子，还好端端地盖着，并没有遭到小幸的迫害。

她拿起牛肉干问小幸："小幸，这是谁给你的？"

小幸扑腾着爪子，两只眼睛闪闪发亮——就盯着她手里的牛肉干。

桑兮兮很生气："你怎么能接受别人的贿赂？坏人来了你都不管，算什么狗子？"

小幸知道桑兮兮生气了，非常明智地趁着她没留意抢走了牛肉干，然后躲到角落里继续啃，不打扰她生气。

桑兮兮气得要命，走到小幸面前正想教训它两句，不经意间看到它旁边的柜子上面，一朵嫩黄的花朵绽放，娇艳欲滴。

她立即转过头向屋子里望去，鼻尖发酸，眼泪差点冲出了眼角。

"花清泽！花清泽！你躲在哪里？"

桑兮兮把房子翻了个底朝天，也没有找到花清泽。

她抱起小幸问它："花清泽回来了是不是？他什么时候回来的？他人到哪里去了？"

小幸被问得发蒙，嘴边的牛肉干也掉在了地上。它委委屈屈地看着桑兮兮，又看了看地上的牛肉干，不知所措地呷吧嘴。

桑兮兮对着小幸一连喊了几十遍花清泽的名字，小幸终于急了，"汪汪"叫了几声，从她的手里挣脱出来，一溜烟躲到角落里藏了起来。

桑兮兮颓然地坐在地上，她想不明白，为什么花清泽回来了又离开？难道不想见她？可如果不想见她为什么要回来呢？他在这里几乎没有什么物品留下，除了那个花盆。

桑兮兮连忙起身寻找花盆，找了一圈都没有找到，那个花盆果然神秘地失踪了。

桑兮兮苦笑一声，他一直都念叨说这个花盆丑，没想到居然巴巴地赶回来把这个花盆带走了。

她想起了家里的监控，打开一看，却是一片漆黑，花清泽和之前一样，遮住了监控。

是时候该放弃了，桑兮兮对自己说，他既然能自己回来，说明他没问题，也不需要她的照顾。她也没有理由再留他。

她颓然地躺在地上，小幸见状又跑了过来，用湿漉漉的舌头舔她的脸。她笑出了声，笑着笑着抱紧了小幸，眼泪无声地自眼角滑落，连她自己都不知道为什么要哭。

危雅一遍又一遍地对着照片比照，眼前的树和照片里的树真的是一模一样。她的手微微颤抖，老天终于开眼了吗？

她兴奋地连续大叫了几声，又掐了自己好几下，对着绿植念念叨叨："我就说桑兮兮怎么会这么宝贝这棵树，原来这么值钱。"

她端着花盆的双手微微颤抖，实在不知道该把这么昂贵的树藏在哪里好，恨不得走到哪里都带着它。

晚上睡觉的时候，她都舍不得放开，抱着花盆躺在床上，兴奋地翻来覆去睡不着，一直喃喃念叨："等钱到手了，我要买海蓝之谜，最新一季的香奈儿包包也挺好看的，啊，还有限量版的口红包。"

她仿佛看见自己拥有了无数昂贵的奢侈品，她手舞足蹈，半天都睡不着觉。

花清泽试图从花盆里面跳出来，可是失败了。刚才为了让危雅睡着，他努力地释放出最后一点能力为她催眠，总算让她睡着了。

他在心里暗自叫苦，真是万万没想到自己会落到她的手里。

如果上天再给他一次机会，他绝不和桑兮兮吵架，不，这辈子，下辈子，下下辈子，他都不会再和她吵架。

只要她能原谅他，能回到她的身旁。

桑兮兮，原谅我。

桑兮兮，我爱你。

一连数日，桑兮兮都精神不济，每日照例上下班，有时会对着桌子发愣。

"桑兮兮，你失恋了吗？"宋一波小心翼翼地问。

桑兮兮茫然地望着他："没有啊。"

"那你怎么这么没精神？"宋一波仔细观察她，愁眉不展，面无笑容，眼睛里似乎还有些隐隐泪光，简直是标准的失恋脸。

"我的树丢了。"桑兮兮蔫蔫地吐出一句话。

宋一波吃了一惊，他没想到桑兮兮竟然会是因为一棵树变成这样，他不禁脱口问道："你是爱上那棵树了吗？"

桑兮兮连忙否认："不可能，别瞎说，我不是。"

宋一波却一派开明模样："这也没什么大不了的，国外还有人爱上了自己的抱枕，和自己的抱枕结婚。爱上一棵树不算什么大不了的事，都很正常。"

桑兮兮哭笑不得，这都什么跟什么？

她连忙打发他走，正准备工作一番分散注意力，危雅却来了。

"桑兮兮。"危雅的态度极好，好像她们之前完全没有过争执一样，"你在干什么呢？需要我帮忙吗？"

桑兮兮摇摇头："不必了，我自己可以搞定。"

"那就好，如果有什么不知道的，可以来问我。"危雅笑眯眯地说。

危雅看上去和蔼可亲，桑兮兮却知道她无事不登三宝殿："你有什么事吗？"

危雅愣了愣，没想到桑兮兮居然会直接问她，打乱了她的思绪。

"那个，是这样的。"她干咳了一声，"我想问下你之前是怎么种树的？"

"什么？"桑兮兮惊愕不已，她没想到危雅居然还在惦记着这个事。

"我买了一盆绿植，和你之前种的那个有点像，但是不知道为什么一直养得不好。"危雅蹙眉，"不知道到底是什么原因，树叶发黄，树枝也脱落，你是怎么种的？"

桑兮兮没有说话，这个问题看上去很简单，但是不好回答。因为花清泽不是普通的绿植，种植的方法完全不同。

"你的树和我的树不一样，所以种植的方法也不一样。"

"一样的。"危雅坚决地说，她看了桑兮兮一眼，又改口，"应该是一样的，看上去差不多。"

"看上去差不多的树，其实很多时候区别很大。"桑兮兮说。

"哎呀，你就告诉我你之前怎么种的不就行了嘛。"危雅不耐烦地说，"我自己会看着办的。"

桑兮兮见她态度坚决，便将之前种种的养护要求告诉了她。

危雅的眉心打了好几个结，小声嘟囔："怎么这么麻烦？"

桑兮兮说："这个是我这棵树的养护方法，和别的树不一样。我的树很稀有，你把你的树带来我帮你看看？"

"不用了。"危雅拒绝，"我自己能搞定。"

危雅离开后，桑兮兮的心却平静不下来。危雅的神情不断出现在她眼前，她隐隐觉得不对劲。

危雅这个人她也算是了解，绝不是对植物上心的人。依照危雅的性子，如果真的养了一盆绿植，绿植能活多久全看她的心情。她想起来会一天浇几遍水，想不起来一个月都不会浇水，更别说还会去找人问怎么养护种植了。

而且危雅那么坚决地说养的那棵绿植和她的一样，这未免也太巧了吧？

她不相信这世上还有第二个花清泽，除非……

桑兮兮定了定神，被自己的想法震惊。她想了想还是去找了危雅：

"危雅，我还是帮你看看树吧。万一方法不当，树可能会死。"

"不用了！"危雅声音略略抬高，她似乎觉得自己的声音太大了，压低了声音，"真的不用了，就一盆树而已，我可以搞定。"

桑兮兮从她过激的反应里越发察觉不对劲，但是危雅不肯让她看树，她也没辙，只能另外想办法。

危雅既然不肯把树带出来，把它放在家里，她住的地方距离桑兮兮家并不远。

下午的时候，桑兮兮找了个借口请假离开。

她径自去了危雅家。她走到危雅家门口敲了敲门，朝着里面喊了几声花清泽，又等了一会儿，仍没有等到任何回音。

她不死心，绕到了房子的后面踮起脚朝上看。

危雅家住在二楼，站在楼下就可以看到她家阳台。她影影绰绰地看见阳台上摆着一个花盆，看起来有几分眼熟。

她又朝着阳台喊了几声："花清泽！花清泽！你在这里吗？"

四周很安静，因为是上班时间，四下里都没有人，连一只活物都没有，只有树叶在风里沙沙作响。

桑兮兮看着阳台产生了一个大胆的想法，她想爬上去试试。

说干就干，她撸起衣袖，绑好衣角，正准备要上前尝试，却感到身后有一股极强的力量拉住了她。不等她反应过来，她已然双脚离地，整个人被抬到了空中。

桑兮兮惊得连喊都忘了，她转过头一看，一根巨大的树藤"拎"着她往上抬，和她曾经梦过的情景几乎一模一样！这情形一时让她陷入混乱，竟分不清这是现实还是梦境。

树藤将她"拎"到了二楼的位置就停了。她望向了阳台，果然看到花清泽孤零零地在阳台上摆着，看起来状态很不好，枝叶发黄凋敝。

桑兮兮眼底一热，伸过手将花盆紧紧抱在怀里。树叶微微晃动，叶片拂过她的脸，像是在回应她。

树藤缓缓地往下放，直至平稳地放在地上，才轰然倒下，刚才已经耗光了花清泽所有的气力。

桑兮兮抱着花清泽回到家里，她没想到短短的时间，花清泽竟然变成这样。枝叶凋敝不说，树干上面还有许多深深浅浅的口子。花盆里水太多，泥土都被泡得松软。她换了个花盆，仔细一看，根部也受损不少。

桑兮兮心疼不已，她温柔地将树根重新埋入土里，然后仔细填土，动作轻柔得像对待婴儿。栽种完毕后，她用软布轻轻地擦拭树叶，叶片上沾满了尘土，像是从泥坑里捞出来的一样。

桑兮兮忍不住问道："花清泽，你到底经历了什么？"

花清泽没有回答，也没有动，安静地待在花盆里，像是睡着了一样。

在桑兮兮的精心照料下，几天后，绿植的叶片慢慢重新变成绿色，之前的痕迹也慢慢消失。

桑兮兮看在眼里，心里很高兴，她没有再带他去上班，但是给他买了个定时浇花器，保证他的需要。

因为心情好，她的眉眼里也多了笑意，同事们都发现她和之前几天不一样。

宋一波好奇地问："你恋爱了？"

桑兮兮心情好，不想和他理论，只是笑吟吟地说："难道高兴和不高兴都和爱情有关？"

"哦，那我知道了，你找到了你的那棵树对不对？"宋一波一脸猜中的模样。

桑兮兮本想承认，可一想起危雅，又改了口："没有。"

"没有？那你是重新养了棵树吗？"宋一波打破砂锅问到底。

桑兮兮连忙说："拜托，我的生活里不只有一棵树。"

"那还有什么？"宋一波很好奇。

桑兮兮无言以对，她怎么没发现这货不仅没眼力，而且还这么八卦？

她想了想郑重其事地对他说："还有环保，最近看报道说我们的森林面积没有减少，反而增加了，我很高兴。"

"我也看到了！"宋一波很兴奋，"我明白了，你的生活里不只有眼前的树，还有远方的森林！"

桑兮兮被他彻底打败，愣了好几秒说："啊，是吧。"

不远处的危雅，正在聚精会神地看着手机，手机里有个人发来了消息：我明天回来，当面交易。

危雅的脸色顿时变了变，原以为还能再拖两天，没想到对方这么快就回来了。她下意识地看向了桑兮兮，桑兮兮的脸上分明洋溢着笑容。

危雅眼皮略略一跳，好像她丢了那盆绿植后的第二天，桑兮兮的心情就变好了起来。

一定和桑兮兮有关系。

危雅决定去刺探消息，她问桑兮兮："你的树找到了？"

桑兮兮不动声色地看了她一眼，故作懊恼地回答："没有。"

桑兮兮不算是个演戏高手，但是她从不撒谎，所以危雅虽然觉得她的表情不够自然，但是也没多想，只是嘀咕道："我的树也丢了，真奇怪，最近怎么这么多人偷树？"

危雅走了回去，心里又急又怒，好不容易才有这么个发财的机会，怎么能就这样白白错过？那可是五十万啊！她要工作多久才能有这么大一笔钱？

上次她在刷消息的时候，无意间看到有人在朋友圈内发一则高价寻树的消息。她一看不就是桑兮兮的那盆树吗？她当即动了心，联系了对方，对方开价惊人，答应她只要能将树给他，就给她五十万！

危雅是个月光族，每个月只有发工资那两天富裕，其他时间都在破产边缘试探挣扎。这么一笔巨款，实在诱惑太大了。

她决心从桑兮兮手里把树弄到手，可是桑兮兮把树看得那么紧，她根本没办法下手。就在她一筹莫展，打算使用点非常规的手段时，却在桑兮兮家附近发现那棵树躺在面前，简直是天降横财！

她喜不自禁地捡起树，下意识地向四周看了看，确认无人看见，便抱着树就跑了。原指望马上一手交树一手交钱，可是对方却出差了，需要等两天。

本来以为随便等两天就好，可是这一等出了事，那棵树以肉眼可见的速度枯萎凋零，她连忙将树重新种起来，又浇水又施肥，越弄树叶却越黄，眼睁睁地看着树就要挂了。

实在没办法，她只得去求助桑兮兮，没想到还没回家，树就没了！她发现树没了的时候，心跳骤停，差点昏过去，那哪里是一棵树？那是五十万！

危雅越想越觉得不对劲，她能看到的那条朋友圈，没有任何熟悉的人点赞。即便不排除通过其他渠道知道，但是他们也应该去找桑兮兮，不可能知道树在她家。

而且同事当中，除了桑兮兮，没有人知道她家在哪里，只有可能是桑兮兮。

危雅心里恨得咬牙，却也明白，不能直接去找桑兮兮理论，只悄悄打起主意，该怎么把那棵树重新弄到手？

对方再次发来消息：我改了航班，下午就到，下午三点见面吧。

危雅急了，连忙回消息说：我下午请不到假，不是说明天吗？

对方飞快地回了消息：我晚上还要坐飞机到别处，三个月后才能回来。

危雅很纠结，如果再等三个月，就算她拿到了树，她也养不活；如果三个月后再拿到那棵树的话，万一对方不要了呢？

机会从来都是稍纵即逝的，错过这次机会，她不知道哪年还会有这种天降横财的机会了。

危雅再次想了想五十万，她想发财想得太久了，她不能让自己错过这次机会，否则她的余生都会在后悔中度过。

她打定了主意，趁着桑兮兮去洗手间的工夫偷偷拿出了桑兮兮家的钥匙，连假都没请，就离开了公司，直奔桑兮兮的家。

危雅用钥匙打开了门。小幸看见陌生人进屋，狂叫不止，小小的身躯坚决地挡在了门口，阻止危雅进屋。

危雅皱起了眉头："真讨厌！"她顺手抄起包朝着小幸砸去。

小幸被砸中了，呜咽一声却没有后退，反而朝她猛扑过去。

危雅抡起了包和小幸撕打起来，小幸虽然勇敢，却不是危雅的对手，小小的身体很快呜咽着落败。它使劲地咬着危雅的包，不肯退后。

就在这时，从屋子里面走出来一个男子。那男子身形修长，赤着双足，穿着一身白色的衣裳。他的面色稍显苍白，却不影响他的帅气。那张脸分明比时下最好看的明星还要好看，好看得近乎妖孽，眉宇间却又多了几分英气，眉心微蹙，眸光清冷，淡漠地望着她。

危雅没想到桑兮兮家中有人，被吓了一跳，仔细一看，顿时窒息，忘了此行的目的。这个年头，好看的脸太多，电影电视里面比比皆是，大家目光高于顶，一般明星的脸都入不了眼，可她还是被这个男子的容颜震慑，好看到她词穷。

她隐隐觉得此人有些眼熟，陡然想起了那一夜梦里见到的那个男子。

"你，你是……"

那天晚上她看见阳台上出现的花清泽，以为自己做了个梦，不久后就忘记这个事了，万万没想到会在这里再次看见他。

花清泽皱着眉看着危雅，满心都是嫌弃。他抱起小幸轻声安慰，眸光冷冷地瞥过她："危小姐，你私闯民宅，殴打小狗，想要干什么？"

危雅这才如梦方醒："你怎么会在这里？这里不是桑兮兮的家吗？你和桑兮兮什么关系？难道我那天晚上不是做梦？"

花清泽眸光如刀锋般锐利："你也知道这里不是你家，你进来干什么？"

危雅一时无言，半晌后，说道："我是来拿东西的，桑兮兮让我来拿的，不信你看，她把钥匙给我了。"

花清泽瞥了一眼她手中的钥匙，又问："她让你拿什么？"

危雅却无心回答，只是一个劲地望着他，揣度他和桑兮兮的关系。

"你是桑兮兮什么人？"

花清泽目光一凛："这和你无关。兮兮让你拿什么？"

危雅见他面色不悦，只得答："她让我来拿树。"

花清泽脸上涌起隐隐的怒意，当初他被危雅捡走，他并不记恨她，即便她胡乱地对他浇水施肥，那也是好心办坏事。

可是，她如今摆明了是来偷东西。

他记得她曾经无数次看着他，念叨过："你可别死啊，五十万！你可千万不能有任何事！"

花清泽在心里冷笑一声，面上却并不发作，只是随手指着身后的阳台说："哦，在那里，你去拿吧。"

危雅虽然很想和他多聊两句，但是五十万更让她记挂，她连忙往花清泽指的方向跑去，可是除了一个空花盆，什么都没看到。

"树呢？"

她的话音刚落，却发现四周不知几时冒出了巨大的树藤。她惊愕地望着这些凭空冒出的树藤，还未反应过来，就被树藤牢牢绑住贴在了墙上。

危雅大惊失色，连声对花清泽高呼："救命！"

花清泽懒懒地回眸看了她一眼，又像是没看见一样，轻轻抚摸怀中的小幸："千万不要做坏事，做坏事会被惩罚，知道吗？"

小幸乖巧地趴在他的怀中，冲着危雅"汪汪"叫了两声。

♥

第十三章

桑兮兮，余生我只想做你的超人

Congtian er jiang
Niainshang

"花清泽！小幸！"门外传来了喊声，桑兮兮风风火火地闯了进来，鞋都来不及脱，"你们没事吧？"

花清泽吓了一跳，他看了眼钟，才下午三点："你怎么这么早回来了？"

桑兮兮来不及解释，将一人一狗打量了个遍，确认了他们无误后，才松了口气问："危雅呢？"

花清泽指了指阳台，只见危雅被树藤绑住靠在墙上，人已经吓晕过去。

桑兮兮见她没事，忙让花清泽放开她。

花清泽嘟囔道："真是的，便宜她了。"他闷闷不乐地收了树藤，向桑兮兮告状，"她是来偷我的！"

"我知道。"桑兮兮摇了摇手机，"我都看到了。"

桑兮兮目不转睛地望着花清泽，他回来后，一直都没有出现过。

花清泽被她看得有点不好意思，偷偷地摸了摸脸，又看了看身上，好像没什么地方不对吧？

他低下头小声地问："你怎么这么看着我？"

桑兮兮没说话，突然张开双臂将他抱紧。花清泽一愣，也张开双臂将桑兮兮环在怀中。

　　桑兮兮有千言万语要说，却没有开口。她本想问问那几天他到哪里去了，怎么会到了危雅那里。

　　她本以为过去很重要，后面却发现只需要他好好的就行。

　　所有的一切都不及此刻的一个拥抱重要。

　　花清泽还是老老实实地全交代了。那天他一时冲动离开后，就后悔了。他本想马上回去，又怕桑兮兮气没消赶他走，就在雨里待了一晚上。

　　那一夜大雨倾盆，他站在风雨之中，想了整整一夜，越发觉得自己对不起她，一直为她带来麻烦。

　　"对不起。"花清泽垂着头，轻声道，"是我不好……"

　　"你怎么会到危雅家去了？"桑兮兮的眼睛里泛起泪光，她不想听他道歉。

　　花清泽的脸上露出了痛苦的神情，过了半晌才将经过告诉了她。

　　原来他本想回来，可是又觉得给她添了不少麻烦，就想着等好了之后再去找她道歉。然后他在外面得到了袁隆平院士讲课的消息，没忍住，便去了农大。

　　他本想混进去，可是一想到自己之前的状态，又有点怕，就混在人群里想看一眼，结果发现了桑兮兮。

　　他有点慌乱，怕被桑兮兮发现，就提前离开了。

　　桑兮兮无语："我这么可怕？"

　　花清泽像个受气的小媳妇，小声说："我怕你以后都不想再见我了。"

　　"那你为什么回来拿花盆？"桑兮兮质问。

　　花清泽没说话，过了半天才红着脸说："我喜欢那个盆。"

“你不是觉得它丑吗？”桑兮兮不信。

花清泽眨了眨眼，无辜地说：“我才没说过呢，你送的东西怎么会丑？你送的东西都是最好看的。”

他小心翼翼地看着桑兮兮：“你还在生我的气吗？”

“先说说你怎么去的危雅家？”桑兮兮受不了他的眼神，太温柔了。

“我从你这里离开的时候，超能力透支了。然后，我回到花盆里，本想在路边晒会儿太阳充充能量，谁知道危雅就出现了，然后就把我带走了。”花清泽指着昏倒在沙发上的危雅。

“原来如此。”桑兮兮恍然大悟，这才将来龙去脉弄清楚，只是还是不明白，为什么危雅突然会对花清泽感兴趣。

“兮兮，你不要生我的气了好吗？”这些天花清泽一直不敢出声现身，就是怕她生气，每天装聋作哑老实当树，只害怕惹她不高兴。

“我有那么爱生气吗？”桑兮兮很无语，自己在他心里到底是个什么形象？

“不生气就好。”花清泽笑眯眯地将手送到她面前，“给你。”

桑兮兮看着他空无一物的手，很不解：“什么？”

花清泽有点尴尬，他连续挥舞了几次手，然而手里依然什么都没有，倒是脸色更白了些。

“你以后再给我。”桑兮兮阻止了他继续使用超能力，“你还是先充充能量吧。”

花清泽悻悻地看着自己的手，无奈地答应了。他变回了绿植回到花盆里。

危雅醒过来时，只看见桑兮兮一个人站在她面前，用冰冷的眼神看着她。桑兮兮的脚边站着小幸，虎视眈眈地盯着她。

危雅立即跳了起来，环顾四周，除了桑兮兮再没有别人："人呢？刚才那个男人呢？"

桑兮兮冷冷地说："你不觉得欠我一个解释吗？"

危雅有点心虚，她没想到桑兮兮会出现，不过，她知道桑兮兮一向好性子。她定了定神对桑兮兮说："这是个误会……"

"误会？"桑兮兮打断了她的话，"你拿了我的钥匙到我家里来，这叫偷窃。我马上要报警。"

"不，不，我是被那个男人带来的！"危雅的眼睛都不眨一下，开始胡说。

桑兮兮摇了摇手机，语气平淡地说："你大概忘了，我家里装着监控。"

危雅倒吸了一口气，这才想起桑兮兮为什么会出现在这里，肯定是监控里看到的。危雅顿时脸色变了，语气也变得慌张起来："桑兮兮，你听我说……"

危雅终于承认了自己偷偷来这里的目的，是为了找那棵树。

"你为什么要找我的树？"桑兮兮问道。

"因为五十万……"危雅老老实实地将缘由告诉了桑兮兮。

桑兮兮愣住了："对方是什么人？为什么会花五十万买树？"

危雅摇摇头："我不知道。"她被钱迷昏了头，脑子里面除了五十万，什么都没看见。

桑兮兮见危雅一问三不知，把她手机拿过来查看对方的资料，也没看出个端倪。两人的对话记录也很简单，对方很谨慎，并没有透露自己的任何信息。

就在桑兮兮仔细查看时，对方发来了一条信息：我到了。

桑兮兮猛然抬头问危雅："你和他约在哪里见面？"

危雅一愣："我没有说地点啊。"

"那他说到哪里了？"桑兮兮觉得不对劲。

"可能是下飞机吧。"危雅有点拿不准主意。

"怎么可能约人见面不说地点的？"桑兮兮越发觉得对方诡异，她之前听说过中国龙组的传说，据说他们当中有特异能人，能够感知到别人的位置。莫非真的是龙组的人来找花清泽？

桑兮兮越想越觉得这个可能性很大，她的心顿时悬了起来，想不到龙组的人还是发现了他。她立即抱起花盆，牵起小幸准备跑，一时间也没想到跑到哪里去，又愣在那里。

危雅觉得桑兮兮的举动相当诡异，她转念一想，趁着桑兮兮此时顾不上她，赶紧跑路为上，此时不跑更待何时？她打定了主意，便悄悄地先往外溜。

危雅刚进电梯，一个黑衣男人的身影和她擦肩而过。男人停下脚步看了她一眼，又看了眼手机，继续往前走。

桑兮兮决定带着花清泽回老家，就在她准备买车票的时候，门口传来了有节奏的敲门声。

桑兮兮不由得抬头看向了闹钟，指针刚好指向了三点。

门被敲了三下，间隔了一会儿，又被敲了三下，力度不轻不重，却像锤子直接砸在桑兮兮的心上。她的心跳骤然加快，愣愣地盯着大门。

小幸朝着大门跑过去，对着大门连声吼叫，试图赶走对方。

门外传来了一个男人的声音："别躲了，我知道你在这里，出来吧。"

桑兮兮还没想好该不该开门，花清泽却出来了，他径自走向了大门。

桑兮兮急了，忙拉住他："别开！万一是坏人怎么办？"

花清泽轻轻抚过她的头发，微微一笑："不会有事的，就算有事，有我在这里呢，你不会有事的。"

"不是，我担心是有坏人想抓你，他们都肯出五十万买你……"桑兮兮紧张地抓住了他的衣袖，不肯松手，满脸担忧的神色。

花清泽的目光柔和，纤长的指尖掠过她的脸，他知道她担忧他，声音越发温柔："别怕，门外的人我认识。"

"你认识？"桑兮兮愕然，"是谁？"

"我哥。"花清泽打开了大门。

门外站着的那个人分明就是前几次和桑兮兮偶遇的西装男。

"这是我哥，花敬。"花清泽向桑兮兮介绍。

花敬还是和之前一样穿着一身黑西装，他和花清泽的长相半点不像。他的样貌英气阳刚，五官如雕琢出来的，带着让人敬而远之的气息。

花敬的目光扫过两人，又看了一眼朝他叫得欢的小幸问道："我能进来吗？"

花清泽悻悻地说："人都到了这里了，还装什么绅士？"

花敬的嘴角扬起一抹笑："你小子的日子过得倒很滋润，也不想想家里人，爸爸妈妈都急死了。"他的目光饶有兴致地落在桑兮兮的身上，就是因为她，花清泽一直不回去，也不知道到底有什么特别之处。

"你不是看到过我好几回吗？"花清泽扁扁嘴，"你和他们说一声不就行了。"

"你小子还想藏到什么时候？"花敬目光微冷。

花清泽不说话了，只是嘟囔一声，满脸不情愿。

花敬向四周看了一圈，又看向了桑兮兮："谢谢你一直照顾花清泽，我要带他回去了。"

"回去？"桑兮兮的心猛地一沉，"去哪里？"

"当然是回研究所。"花敬答道。

桑兮兮不解地问："为什么不回家，回研究所？"

"因为这小子如果再不回研究所就完蛋了。"花敬指着花清泽说，"你没发现他的状态一天比一天差吗？如果一直在这里，再过不久他就不能再以人的形态出现了，会变成一棵真正的树。"

桑兮兮惊异不已："你怎么知道？"

"我当然知道，他小时候也曾经发生过这样的事。他天天盼着猫头鹰来信，我看他可怜，就拿了一封信给他，说是猫头鹰给他的……"花敬想起了当年的恶作剧，那张生人勿近的脸上露出一抹笑意。

"后来呢？"桑兮兮问道。

"哪有什么后来！"花清泽愤愤地说，"我看到那封信的时候一时太激动，昏过去了，醒过来的时候就变成了树。"

"对，状态和现在差不多。"花敬点头，"本来以为没什么大事，后面情况不好，爸爸妈妈赶紧把你送到研究所里面待了好久，你才恢复正常。"

"等等。"桑兮兮觉得有点不对劲，"你们全家人都知道他是超人吗？"

"超人？"花敬愕然，目光瞥向了花清泽。

花清泽满脸无辜地望着花敬，花敬忍不住哈哈大笑起来。

桑兮兮和花清泽对视一眼，不知道花敬到底为何笑成这样。

花清泽觉得他的笑声相当刺耳，干咳了一声说："我是超人这事有什么可笑的？"

花敬抹去眼角笑出的眼泪，对花清泽说："你根本不是什么超人。"

"那我不是超人是什么？你见过谁和我一样？你们都和我不一样！"花清泽急得跳起来。

"你根本不是人。"花敬语出惊人，他的目光扫过惊呆了的两人补充，"准确地说，你不是地球人。"

二十五年前，花家父母在西部无人的荒漠做基地研究的时候，一天夜里，一颗极亮的流星从天而降，落在荒漠里。

本着研究的好奇心，花父和花母驱车追寻陨石的下落，他们跑了足足二十五里路，终于发现了陨石。

准确地说，那不是陨石，而是一个小型的飞行器，飞行器里面什么都没有，只有一棵小树苗。

他们取出树苗的时候，却惊讶地发现树苗变成了一个婴儿。

那个婴儿就是花清泽。

花父和花母都是科研人员，虽然惊讶，却没有惧怕。

他们带着孩子和飞行器回到了研究所里，本想作为科研的对象，然而他们却渐渐对花清泽产生了感情，就决定收养他，并把他带回了这里，让他过上正常人的生活。

花清泽震惊地望着花敬："怎么从来没有人告诉过我？"

"还不是因为爸妈怕你想多了。"花敬白了他一眼，这孩子从小到大没叫他们少操心。

"如果是真的话，那我是哪个星球的人？"花清泽问出了一连串的问题，"我为什么会落在地球？"

"他们就知道你会问这些问题。"花敬一副料事如神的表情，"他们这么多年来一直在研究你乘坐的飞行器，目前只知道你来自银河系外面的星星。飞行器里面的资料看不懂，但是有些全息影像显示，你原来所在的星球本来是一个绿色的星球，但是后来环境恶化，大量的人变成了树后枯萎死去。他们紧急做了个计划，向外太空发射了许多的飞行器，里面装载的就是像你这样的人。"

花清泽半晌没说话，只是盯着花敬，半晌后，怀疑地说："你是不是又在骗我？"

"我干吗骗你？"花敬摊开手，"你仔细想想看，你的长相和我们一家一点都不像。而且你的那些能力，谁都没有。"

"蝙蝠侠有，蜘蛛侠也有，还有美国队长。"花清泽小声地辩驳。

"那是电影！"花敬不客气地呵斥。

花清泽不说话了，虽然说从小都看这些电影，不觉得外星人的身份很稀奇，甚至一度渴望过自己是这种特别的人，但是当自己真的变成了外星人，这感觉相当微妙。

"当年带你来的飞行器里面还装有特殊的营养液，上次你就是靠这些营养液救了一命。"花敬的神情相当认真，"跟我走吧，再迟些，就真来不及了。"他说完后，没有看花清泽，目光落在了桑兮兮身上。她已经很久没有说话了，仿佛游离在状况之外。

这很正常，任谁听说自己身边的人是个外星人都得要消化好久。虽然这姑娘能接受花清泽是个超人，可如果他是外星人呢？花敬很期待她的反应。

可是等了很久，桑兮兮还是没有做出极其难以接受的神情，只是在思考什么。

桑兮兮很轻易地接受了花敬的说法，她一直觉得花清泽不可能是个正常人。那既然不是个正常人，是个超人或者是个外星人又有什么区别呢？

她问自己，如果他是个外星人，自己就不会喜欢他了吗？

不会。

她很清楚。

不管花清泽是地球人、外星人，或者干脆只是一棵树，她都喜欢。

花敬忍不住问："桑小姐，你觉得呢？"

"他应该跟你回去。"桑兮兮答得异常平静。

花敬顿了顿："谢谢你。花清泽，你也听到了，你留下来没什么好处，赶紧跟我走吧。"

"你闭嘴！"花清泽没好气地瞪了花敬一眼。他的目光落在桑兮兮的身上，一直以来他对桑兮兮有好感，如今更加确定心意，他不想就此离开。

"不离开你会死的。"花敬的语气云淡风轻，却带着不容置疑的确定。

"你跟他走吧。"桑兮兮终于开口了，"花清泽，你不能继续留下来了。"

"你讨厌我了吗？"花清泽长睫低垂，一副受伤的表情。

"不，不管你是超人还是外星人，你就是你，我不会讨厌你的。"桑兮兮的脸上涌出了笑意，"我知道你是什么样的人。"

花清泽满脸的阴霾一扫而空，露出了欢喜的神情："真的吗？你真的不讨厌我吗？"

桑兮兮连连点头："所以你赶紧回去吧。"

花清泽一听要回去，眼神变得黯淡："真的要走吗？我不想回去。"

桑兮兮劝说他："你必须得回去。"

花敬在一旁忍不住扶额叹气，竟然有一种深深的罪恶感。他不禁觉得自己就是棒打鸳鸯的王母娘娘，正想找点话说。

花清泽却先开了口："一个月后是世界清洁日，我会回来陪你过节的。"

花敬一脸问号，听说过情人节的，没听说过这种节日的！现在年轻人这么爱过节吗？

桑兮兮的眼里掠过一丝惊喜，却不肯答应："一个月时间够吗？"

"够。"花清泽赌咒发誓，"我这次回去，连话都不会和他们说的，积蓄能量，保证早日恢复。"

花敬越发觉得自己像王母娘娘了。要不是条件不允许，他都要考虑把营养液弄过来让桑兮兮养了。他的目光掠过一脸深情的花清泽，儿大不由娘啊。他干咳了一声，慢悠悠地说："桑小姐要是愿意，也可以去研究所看你的。"

"不可以！"花清泽断然拒绝。

"为什么？"桑兮兮不解地问。

花清泽没说话，他总不能告诉桑兮兮，当他泡在营养液里面的时候，样子不知道有多丑，实在有损他的形象。他狠狠地白了一眼花敬。

花敬的嘴角微微上扬："没什么不可以的吧？"

"当然不可以！研究所里面的辐射太强，对人不好。"花清泽沉下脸说道。

花敬无言，研究所里面的确有些机器设备有辐射，但是不至于到很强的地步，再说其他研究员难道不是人了？这根本就是强词夺理。

花敬本想揭穿花清泽相当不靠谱的言论，可一看他的脸色，还是把话咽了回去。

花清泽不想等桑兮兮想明白，当机立断拖着花敬往门外走。出门后，他还没忘记关上了房门。

桑兮兮站在屋子里，有一瞬间的失神。这实在是太草率，太不真实的告别了，和电视剧里面演的一点都不一样！

出门之后，花敬推了一把花清泽："上次你花了差不多小半年的时间恢复，你和人家承诺一个月？"

花清泽看了他一眼，然后变成了一棵绿植。

花敬心情复杂地捡起绿植，这家伙居然从这一刻就开始积蓄能量了吗？之前看他到处释放超能力，欢腾得很，根本没有任何积蓄的意思。

"你真行啊！等着吧，我看看你是不是能做到一个月不和我们说话。"花敬将他放进事先准备好的一个玻璃盒里。玻璃盒里面绿色的液体微微发光。当树根浸泡到液体后，绿植周身散发出一层浅浅的绿光。

花敬越看越觉得，怎么有点像手机充电？

花清泽真的走了。

桑兮兮过了好久才慢慢接受这个事实。

一切好像恢复了正常和平静，可好像又不一样了。

连小幸都变得恹恹的，时常趴在花清泽以前经常睡的沙发上发呆。

生活照旧，工作照旧，可是一切都好像失去了活力。

每天她还是会和郁哲一起遛遛狗，但总是心不在焉。

郁哲明白在桑兮兮的心里，他只是个好朋友而已，他也接受了这段关系，至少他开始有了第一个人类朋友。

这也是一个好的开始。

危雅曾经试探着想向桑兮兮打听花清泽到底是谁，却被桑兮兮的眼神吓了回去。

这个男人对她来说，永远都是个无法解释又牵肠挂肚的谜题。

每天，桑兮兮都会反复看着台历，一遍遍数日子。虽然知道还有多少天，可就是忍不住。

她很后悔那天没有问清楚到底他们的研究所在哪里。

终于熬到约定的日子，桑兮兮一夜都没睡好，大清早就起床洗头，然后将衣柜里所有的衣裳都翻了出来，组合搭配试了好多套，终于选了一条米黄色的裙子。

她化了个淡妆，但是化妆技术堪忧，化出来的模样更加难看，只得又全部洗掉。

忙忙碌碌到了八点半，她才出门。今天是周末，又是世界清洁日，她要去做义工清理垃圾。

虽然穿着长裙子，披着头发不方便，可她还是决定这样出门。

一整天，她踩着高跟鞋，提着裙子在绿化带里清理垃圾，脚底磨出了好几个水泡，裙子也被护栏钩破了。

她每每看到相似的人影走过，心里都是狂喜不已，连忙整理仪容，可是人靠近了，又发现不是。

如此反复失落了好几回，桑兮兮的心里怒火和担忧交织，一时担忧他没有好，一时又气他失约。她脸上的神色一直阴晴不定，连同去做义工的宋一波都下意识地离她远一点。

到了晚上，活动结束了，都没等到花清泽。

桑兮兮穿着破损脏污的裙子，一瘸一拐地往家走。

九月的天空，夕阳斜垂，厚厚的云遮在夕阳上，一层浅紫色和玫红色交织而成的薄锦覆在天幕之上。阳光毫不吝惜地向人间普洒黄金，将一切都镀上了金膜，仿佛漫画里面的场景。

桑兮兮心情沮丧，美景也无法缓解心头的郁闷，垂头丧气地往家走。

就在这时，她看到地上有一个塑料瓶，她叹了口气，捡起塑料瓶。往前没走两步，又发现了一个塑料瓶，她不作他想，又捡了起来。

岂料这一路每隔几步都能捡到塑料瓶，她捧着七八个塑料瓶子，心里纳闷极了。这条路很干净，很明显打扫过不久，怎么会有这么多塑料瓶？

就在她准备将塑料瓶扔到垃圾桶的时候，所有的塑料瓶子在瞬间长出了树苗，转瞬间每个塑料瓶口上都绽开了一朵鲜红的玫瑰花。

桑兮兮捧着花束，头脑里面一片空白，一个人影裹着金光，缓缓地朝着她靠近："嗨，清洁日快乐！"

夕阳的余晖将他打造成一个小金人，浑身上下闪着光，他的容颜与从前相比略有不同：从前面色发白，略有些不真实的感觉；如今却是个实实在在的人，而且是个实在好看的人。

桑兮兮眼里要涌出泪："你迟到了。"

花清泽连声抱歉："今天太堵了。"为了能在今天赶到她面前，他尽了全力，半个小时前，他才获得允许离开研究所。

　　桑兮兮没说话，太多情绪在心里翻腾，她无数次幻想过重逢的画面，没想到居然是在这种场景见面，她浑身脏兮兮的，而他却光鲜亮丽得像个王子。

　　她有点恼怒，将塑料瓶塞到他的手里："知道是清洁日，你还敢乱扔垃圾？你知不知道我今天做了一天清洁多不容易？"

　　花清泽一愣，他好不容易设计了这个桥段，却惹怒了桑兮兮。他连忙道歉："我的锅，我的锅，我重新来。"

　　"重新来什么？"桑兮兮气恼地问。

　　花清泽将手里的花递给了她："向你告白啊。"他浑身上下闪耀着光芒，"桑兮兮，余生我只想做你的超人，为你开花，为你绽放。你是否愿意和我这个最没用的超人在一起？"

　　桑兮兮的嘴唇嗫嚅了几下，然后张开手臂抱紧了他。

　　她的头顶上，两棵梧桐树交织成拱门，拱门上花朵齐放，身后的墙壁上爬满了树藤，绽满了鲜花……

番外

Congtian er jiang
Nianshang

[1] 求婚大作战

这几天桑兮兮发现花清泽有点不对劲，每天下班后都会发现他背着她拿着手机在捣鼓。

"你在干什么？"桑兮兮探过头看去，就看到一个聊天的页面。

花清泽连忙收起手机，遮遮掩掩地说："没什么，没什么。"

桑兮兮瞥了他一眼："你到底在搞什么鬼，快点老实交代。"

花清泽忙说："没啥，我在算工资，这个月的工资好像少了点。"

桑兮兮心里一沉，他明明在用手机和别人聊天，为什么要骗她？

一连几日，花清泽老是盯着手机。手机上消息来往特别频繁，有时候都顾不上和她说话。

桑兮兮很气愤，她发现花清泽不仅时刻不肯放下手机，还经常去阳台上。每次她想去阳台，他都找个理由把她打发了。

桑兮兮越发觉得这当中必有蹊跷。

某天晚上下班回来，就听到花清泽在和小幸说话。

"小幸，你要是想吃什么就和我说，在兮兮面前你要多吃点蔬菜，听见没？"花清泽一手拿着蔬菜和小幸商量。

小幸满脸拒绝，嫌弃地看着他手里的菜叶。

"你先练习练习吃蔬菜。"花清泽苦口婆心地劝它，"蔬菜营养丰富、味道好，多吃两口。"

小幸很不情愿地咬了口菜叶，咬了又吐出来。

"小幸，你不能这样，太不走心了。表演要走心，你要真吞下去，这样才真实。"花清泽向它示范，"你看，这样子，大口一点咬，然后咀嚼几下吞下去，明白了吗？"

小幸看着花清泽啃菜叶的动作，相当嫌弃地跑开了。花清泽站起来，正要追它，一转头看见站在身后很久的桑兮兮。

花清泽若无其事地把菜叶塞进嘴里："你回来了？"

桑兮兮无语，这算什么事？

她发现家里多了几包新狗粮和宠物零食，冰箱里除了新鲜的蔬菜还有各种肉类，自己的零食盒里也塞得满满的。

不用想也知道是花清泽的杰作，他近来相当诡异，不让她花一分钱。蔬菜水果全由他用超能力种出来，不能用超能力弄的，他全都买好。

不仅如此，她购物车里面的东西，他全都下单清空了。

听说一个男人如果心存愧疚就会对女人特别好，桑兮兮越发笃定花清泽心里有鬼。

"花清泽，你最近干吗对我这么好？"桑兮兮问。

"我反省了一下，觉得之前对你不够好，我以后要对你更好点。"花清泽笑容真诚，足以迷倒众生，桑兮兮心里的疑问却越来越大。

"花清泽，你的手机给我看看吧？"桑兮兮不动声色地看了一眼他的手机。

　　花清泽却把手机捂得更紧了。

　　"我的手机有什么好看的？没啥可看的。"他打了个哈哈，"来来，我给你变个魔术，你看这朵花好看吗？"他搓动双手，手心里长出了一朵紫色的鸢尾花，"送给你。"

　　桑兮兮没有看花，只是盯着他的手机。

　　花清泽又将鸢尾花变成了粉色："这个颜色你觉得怎么样？"见桑兮兮不为所动，又变了个颜色，将那朵花红橙黄绿青蓝紫全变了个遍，也没得到桑兮兮的回答。

　　他将鸢尾花收了起来："你不喜欢鸢尾吗？那你喜欢什么花？"

　　桑兮兮看着他的手机挑了挑眉头，花清泽垂眸低声问道："真的要看吗？"

　　桑兮兮点头，花清泽纠结再三将手机递给她。

　　桑兮兮点开手机一看，联系人里面果然多了许多人，她瞪了花清泽一眼："这是什么人？"

　　"没什么……"花清泽试图拿回手机，却被桑兮兮的眼神吓得缩回了手。

　　桑兮兮挨个点开一看，却发现不对，居然都是来买树的？她疑惑地问道："这是什么意思？"

　　"我搞了点副业……"花清泽有点心虚，"卖树。"

　　"为什么？"桑兮兮很困惑。

　　"当然是挣钱了。"花清泽目光幽幽地看着桑兮兮。

　　"你最近很缺钱吗？那你为什么要买那么多东西？"桑兮兮越发不

解。

"宝贝，我觉得你太节省了，想让你少花点钱，买点你想买的东西。唉，都怪我太穷了。"花清泽满脸惭愧，上次他发现桑兮兮盯着一条手链很久都没有下单，心里很难受。

他拿出了一个首饰盒递给她，首饰盒里装着的是她之前看过的手链。

"我会努力赚钱的，你想要什么就买什么吧。"

桑兮兮接过手链哭笑不得，她到底要不要告诉他，她当时只是看着这条手链觉得眼熟，想不起来自己是不是有一条一样的。

"我算过账了，付完了房子的首付，我还剩大概五万的样子，准备个婚礼不够。我知道你不喜欢奢侈的婚礼，不过我不想让婚礼办得太寒酸，然后还得装修房子、蜜月旅行什么的……"花清泽一笔笔计算账目。

桑兮兮目光古怪地望着他："你说什么？"

"婚礼啊。"花清泽头也不抬地答道，"大概还缺……"

"你再说一遍。"桑兮兮打断了他的话。

"婚礼……"花清泽听出了桑兮兮的话音异常，"啊，你不会不想嫁给我吧？"

"你又没问过我。"桑兮兮的脸色微微发红。

花清泽猛然想起自己居然还没向她求过婚！他的手指向背后，在虚空中一捏，捏出了一朵七色花，又在空中捏出了一枚木头戒指，单膝跪地："兮兮，你愿意嫁给我吗？"

桑兮兮接过了世界上独一无二的七色花和木头戒指，抱紧了花清泽："说好了，你不准反悔。"

手机不经意间响了，是桑兮兮的妈妈发过来的视频。她连忙接通电话，电话那头桑妈妈和桑爸爸站在一座铁塔面前。

花清泽发现那座铁塔好像有点眼熟？

桑妈妈一看见桑兮兮就眉开眼笑："兮兮，你最近怎么样啊？"

"我挺好的，妈妈，你和爸爸在哪里？"桑兮兮看到手机那头有些陌生。

"我们在巴黎旅游，喏，给你买了个包，你看看喜欢吗？"桑妈妈提起了一个橘黄色的包包给她看，"爱马仕的。"

"妈妈，你忘记我不用皮制品了吗？我不要。"桑兮兮连声拒绝。

"我就知道兮兮不喜欢，你还非不信！"一旁的桑爸爸赶紧出声，生怕女儿把他忘记了，"兮兮，爸爸给你买了套衣服，听说是什么今年香奈儿的新款，你肯定喜欢。"

桑兮兮顿时无语："爸爸，不用了，我不穿那些。"

桑妈妈得意起来："我就知道女儿不喜欢，你还说你了解她。"

"哼，你买的女儿也不喜欢！"桑爸爸不服气，"对了，兮兮，我给你的账户里转了二十万，马上换季了，你记得买衣服啊。"

"爸爸妈妈，我不缺钱。"桑兮兮无奈地答，"你们不用给我打钱了，我够用。"

电话那头的桑爸爸和桑妈妈已经为桑兮兮到底喜欢什么礼物吵了起来，根本不听她的话。

桑兮兮感到很头痛，挂断了电话，回头一看却见花清泽神色古怪地望着她。

"怎么了？"桑兮兮很不解。

花清泽欲言又止，半天后，小心翼翼地问："兮兮，你的爸爸妈妈不是在外地打工吗？"

"那是很早以前，我小时候的事了，后来他们开厂了。"桑兮兮答道，"有什么问题吗？"

"没什么……"花清泽一直以为桑兮兮家中经济拮据。

"你是不是以为我家很穷？"桑兮兮领悟过来，哭笑不得，"我只是和外婆在一起习惯了环保生活而已。"

"明白，明白。"花清泽点头如啄米。

"你不会反悔了吧？"桑兮兮渐渐变了脸色。

"我以前从来不敢想象自己有天会结婚。"花清泽握住了她的手，"直到有天我握住了这只温暖的手，我就知道这是可以握一辈子的手。不管你贫穷，还是富有，我都想牵着你的手走到底。"

[2] 花清泽正确使用方法

【开门】

"啊，完蛋了，钥匙忘记带出来了。"桑兮兮惊呼。

"我来看看。"花清泽走到门前查看了一番，"没关系，我来开。"

桑兮兮用怀疑的目光望着他，怎么没听说过他还有开锁的手艺？

她迟疑地问："你不会暴力拆卸吧？"

花清泽笑眯眯地说："用不着。"

他将手掌放在锁孔前，他的掌心里出现了一团绿色的光芒，光芒中长出了一根细长的藤须，藤须伸向了锁孔里，几秒钟后，门锁发出"咔嚓"一声。

花清泽推开了门："好了，进来吧。"

桑兮兮站在门口半天说不出话来。

【愿望精灵】

"花清泽，没有葱和姜了。"桑兮兮一边切菜，一边对一旁打下手的花清泽说道。

"要大葱还是小葱，还是野香葱？生姜要老姜还是嫩姜？"花清泽问。

"野香葱吧，要老姜。"桑兮兮答道。

"给你。"花清泽手心一摊，掌心里赫然是一把新鲜碧绿的野香葱和一块皱皮老姜，"还需要什么？"

桑兮兮甜甜一笑，张开双臂："还需要一个拥抱。"

【最佳服务员】

"这几天的工作好累啊。"桑兮兮打了个哈欠，蔫蔫地靠在沙发上。

"去泡个澡吧。"花清泽站在浴室门口，"都给你准备好了。"

桑兮兮眼睛一亮，跑到浴室里一看，浴缸里已经放满了热水，上面还漂浮着玫瑰花瓣。

"哇，好棒！"桑兮兮高兴地亲了一口花清泽。

花清泽心里乐开了花，表面上却不动声色："还有更好的呢。"他的手指在空中虚点，一股香气随着他的指尖缓缓飘了出来，清爽好闻的气味让人仿佛置身在森林当中。地面上出现了柔软的草地，通往浴缸的路上长了两排野花，浴缸边缘站着一排可爱的黄色小蘑菇。浴缸边还放着一张小木桌，桌子上面摆着一杯鲜榨石榴汁。

"这位尊贵的客人，请尽情享受您的森林尊贵SPA。"花清泽模仿美容院的工作人员伸出了右手，"如果您需要什么其他服务，请尽管吩咐。"

【爱你一辈子】

"兮兮，你这在忙什么？"花清泽问。

"偷能量。"桑兮兮的手指不断地在手机上滑过。

"偷能量干什么？"花清泽不解。

"种树啊。"桑兮兮头也不抬。

花清泽思考了几秒："你要种什么树？"

桑兮兮愣了愣，抬起头看他："不是在我们家种树，而是在这些水土缺失的地方种树……这么远的地方，你不会也可以种树吧？"

花清泽看着她手机里的地名，都是他没听过的。

"我来看看地图。"他打开地图仔细计算距离，"距离有点远。"

桑兮兮歪着头看他，他想了想问道："你想种几棵？"

"一棵吧。"桑兮兮答。

花清泽点头道："已经种好了。"

桑兮兮错愕不已："什么？你没骗我吧？"

花清泽笑道："要不你去看看？"

"哼，骗人，明明知道我看不到。"桑兮兮压根不信。

"来，我让你亲眼看看。"花清泽将双手覆在她的眼睛上。

"眼睛都蒙上了，怎么可能看得到？"桑兮兮抗议的话只说了一半，她突然发现自己真的能"看见"了。

她有一种奇妙的感受，仿佛自己变成了一棵树，树根与树根之间互相触碰，仿佛彼此之间对话，它们的话说得很快，几乎在一秒钟就传播了好几千米。

她"看到"了无数的树根，跨越千里，最终停留在一条树根下。很明显这是一棵新树，泥土下的根系不如其他的树苗发达。

她顺着树根"爬"到了树干，两片单薄弱小的绿叶顽强地生长在金黄色的沙漠上，它的四周是一片树林，这些树植株不大，枝条半埋在沙漠里，它们都是抗风沙的沙棘。

"看到了吗？"花清泽松开了手掌，"它们都是沙漠的最后一道防线，没有它们沙漠就要入侵内地。"他俯下身轻轻地在她的额头上啄了下，"你就是我的心最后的防护林，没有你在，我的心都被荒漠吞噬。"